Ruth Rehmann
Paare

Ruth Rehmann

Paare

Erzählungen

Ehrenwirth

CIP-Kurztitelaufnahme der Deutschen Bibliothek

Rehmann, Ruth: [Sammlung] Paare : Erzählungen / Ruth Rehmann. – 2. Aufl. – München : Ehrenwirth, 1980.
ISBN 3-431-02320-7

ISBN 3-431-02320-7

Satz und Druck: Friedrich Pustet Regensburg
Printed in Germany 1978

Paare

Um die gleiche Zeit, als Herr Sevendick am Ostersamstag früh seinen Mercedes auf die Autofähre manövrierte – es gab nicht viel Platz, weil die Fähre schon fünf Lastwagen geladen hatte, und trotz Frau Sevendicks minutiöser Anweisungen kam er in die Lücke nicht hinein, bis die Fährenbesatzung zupackte und das Hinterteil des Mercedes auf- und seitlich einhob – als Herr Sevendick beim Manövrieren dem Gesicht der am Land stehenden Frau Sevendick ansah, daß sie glaubte, es besser zu können, und ihr über die heruntergekurbelte Scheibe zurief: »Dann mach du es doch!«, was sie wegen des Windes nicht verstand, wahrscheinlich auch nicht getan hätte, nicht etwa um sein Selbstgefühl zu schonen, sondern um den für Ehepaare vorgeschriebenen Schein zu wahren, als Junior aus dem Fond des Wagens krähte: »Du hättest von Anfang an schärfer einschlagen sollen!« –
genau um diese Zeit zog am südlichen Ende der Insel, auf deren Nordspitze die Fähre nun Kurs nahm, Gospodin Habalijah Tomo, der Schneider, das Transistorradio unter dem Kopfkissen des Ehebettes hervor und hörte den auf Wisperstärke eingestellten Wetterbericht. Leise hob er sich aus der warmen Mittelkule, aber Gospoda Josephina spürte es doch, streckte den frisch dauergewellten Kopf aus der Kissenhöhle und sagte, auf serbo-kroatisch: »Ich kann doch das Hemd bügeln.« – »Schlaf du!« sagte Gospodin. »Ich mache es selbst.«
»Weißt du auch daß das ›Istria‹ geschlossen ist?« fragte Josephina, während sie, die Rheumatismusschulter reibend, nach der Brille auf dem Nachttisch angelte.

»Deine Kusine Mira arbeitet dort, sie muß es wissen«, sagte Gospodin, ehe er die Tür des Waschraums hinter sich schloß.

Gospoda Josephina trat in die Pantoffeln und wankte schlaftrunken zum Schrank. Sie hob Gospodins guten Anzug heraus, Jacke und Hose in dezentem Mausgrau, befreite ihn von der Plastikhülle, legte ihn behutsam auf den gewinkelten Arm, strich Falten aus und trug ihn die Stiege hinab, durch den Vorraum zur Haustür. Durch die Scheibe sah sie das dunkelblaue Hafenwasser unterhalb der in Stufen aufsteigenden Gasse. Die Fischerboote tanzten, und das Einkaufsschiff aus Susak hatte Schwierigkeiten beim Anlegen. Es war Ostwind – Gutwetterwind. Sie stieß die Tür auf und hängte Gospodins guten Anzug in den Luftzug. Noch einmal strich sie über die Jackenaufschläge. Unter der rauhen Innenseite ihrer Hände knisterte der Stoff. Mit seitlich geneigtem Kopf lauschte sie in das Innere des Hauses. Im Waschraum lief kein Wasser mehr. Sie ließ den Anzug mit einem zärtlichen Schulterklaps und schlurfte in die Küche. Im Halbdunkel tastete sie nach den Streichhölzern und entzündete das Gas im Backrohr des Propanofens. Die Klappe ließ sie offen, damit die Wärme herauskonnte. »Komm in die Küche, Tomo!« rief sie, als sie die Tür des Waschraums hörte. »Wärm dich auf!« Er war bereits dabei, auf dem Tisch im Vorraum die Bügeldecke auszubreiten. Das eingefeuchtete, zusammengerollte Hemd hatte er unter dem Arm.

»Erst der Kaffee«, sagte sie und schob ihn Richtung Küche. Er war noch in Alltagshose und Strickjacke – ein großer hagerer Mann mit großem braunen Gesicht unter grauen Haaren, großer gebogener Nase, großen Händen mit sauberen großen Nägeln. Sie sah ihm wohlgefällig zu, wie er sich auf dem Küchenkanapee niederließ, auf seine würdige gemessene Art, die ihr gefiel wie alles an ihm. Plötzlich schlug sie sich mit der flachen Hand vor die Stirn, griff den Kaffeetopf vom Bord und lief, immer noch in Schlappen, mit zipfligem Morgenrock, die Dauerkrause vom Schlafen verwüstet, zum Wasserhahn, um Kaffeewasser zu holen.

Während Herr Sevendick vor der winzigen Kombüse der Autofähre im Ostwind stand und auf heißes Wasser wartete – Frau Sevendick hatte vorsorglich Nescafé Gold, Büchsenmilch, Würfelzucker und Becher eingepackt, falls der Hotelkaffee wie üblich ungenießbar sein sollte –, während Herr Sevendick Reisemütze herab und Mantelkragen heraufzog, um sein empfindliches linkes Ohr gegen die Böen zu schützen, die in unregelmäßigen Abständen um die Ecke fuhren und ihn an die Wand drückten, und Junior im Auto sagte: »Soll *ich* mal gehen und Wasser holen, Mama?« – saßen Gospodin Habalijah und Gospoda Josephina unter dem nachträglich getönten Hochzeitsbild, das Gospodin und Gospoda in jüngeren Jahren zeigte, sie anderthalb Kopf kleiner als er, mit dem Ausdruck ehrfurchtsvollen Staunens zu ihm aufblickend, als könne sie nicht fassen, daß das Schicksal ihr einen so großen und schönen Gatten beschert hatte. Es war dämmrig in der Küche, deren einziges vergittertes Fenster zum Berg hinausging. Der Gasofen verströmte Wärme. Sie tranken aus winzigen Tassen, die zur Hälfte mit Kaffeemehl gefüllt waren. Gospodin trank ein Gläschen Slibowitz dazu, um die Verdauung in Gang zu bringen, und als sie sich zurücklehnten, sanken ihnen die Lider schwer über die Augäpfel. Im Verschlag hinter dem Fenster lärmten die Hühner.

»Sie wollen hinaus!« sagte Gospodin gähnend. Josephine fuhr hoch. Den ganzen Weg durch den Vorraum zur

Haustür und um die Hauswand herum zum Verschlag redete sie in gurrenden Schmeicheltönen zu den Hühnern, begrüßte sie mit Namen, als sie durch das geöffnete Kläppchen ins Freie schlüpften, ging ihnen mit ausgebreiteten Armen und flatternden Händen nach, die Stufen aufwärts zwischen lose geschichteten Steinmauern, vorüber an terrassenförmig angelegten Salat- und Gurkenbeeten, bis auf den winzigen Platz mit Tisch und Bank, die Gospodin selbst gezimmert hatte. Unverzüglich begannen die Hühner zu picken, obwohl kein Hälmchen zu sehen war. Gospoda kletterte über die Mauer ins Salatbeet, bückte sich über die Pflanzen und las Schnecken von den Blättern. In dem rosafarbenen Haus oberhalb des Gartens wurde ein Radio aufgedreht. »Bist du schon auf, Mira?« schrie Josephina. Am Fenster erschien Miras toupierte Frisur und ein Stück braunen Busens zwischen giftgrünen Volants.

»Stimmt es wirklich, daß das ›Istria‹ geschlossen ist?« fragte Josephina. »Wir haben nicht genug Vorbestellungen«, rief Mira mit ihrer schlafheiseren Stimme; »wenn Gäste kommen, werden sie nach Mali ins ›Bellevue‹ umgeleitet.«

Hand im Rücken, stemmte Josephina sich hoch und trat dicht an die Hauswand unter Miras Fenster. »Glaubst du, daß Gäste kommen?« flüsterte sie, argwöhnische Blicke um sich werfend. »Tomo will nachschauen gehen; glaubst du, daß er eine Chance hat, einen Gast mitzubringen?«

Aus dem grauen Haus neben dem grünen des Schneiders trat die Serbin im Morgenrock und Schlafhaube und schnüffelte in die Luft. Mira zündete sich eine Zigarette an. Sie beugte sich tief über die Fensterbank herunter und sagte mit Blick auf die Serbin: »Schade, daß ihr keinen Boiler habt. Sie wollen alle heißes Wasser.«

»Die hat einen«, sagte Josephina, ebenfalls mit Blick auf die Serbin. Diese Leute haben alles!«

»Guten Morgen«, rief die Serbin und schwenkte ihre runzlige Hand zu Josephina hinauf. »Die Schnecken sind eine Pest.«

Josephina winkte zurück. »Komm zum Kaffee«, sagte sie leise zu Mira. »Hier kann man ja nicht reden.«

Gospodin stand über den Tisch gebeugt und bügelte das Hemd.

»Das ›Istria‹ hat zu wenig Vorbestellungen«, sagte Josephina und legte die mitgebrachten Eier in die Schüssel. Ein übergroßes hielt sie zurück und zeigte es Gospodin. »Später!« sagte er.

»Wenn Gäste kommen, werden sie ins ›Bellevue‹ geschleust.« Als gäbe es keine Privatquartiere.«

»Du mußt dich kämmen«, sagte Gospodin streng. »Wenn du so aussiehst . . .«

»Ich geh ja nicht, sondern du«, sagte Josephina. »Wenn sie dich sehen, mit dem neuen Anzug . . .«

»Du mußt die Betten beziehen.«

»Wenn sie mit der Fähre kommen, können sie vor elf nicht da sein«, sagte Josephina. Sie holte den Kamm aus der Schublade und riß mit verzerrtem Gesicht an ihrer Dauerkrause. Neben dem Anzug in der Türöffnung erschien Miras üppige Gestalt. »Komm herein!« schrie Josephina, »setz dich hin!« Sie ließ den Kamm im Haar stecken und rannte nach dem Kaffeetopf. Gospodin stellte das Bügeleisen auf der Asbestplatte ab, holte die Slibowitzflasche vom Bord und goß ein Glas für Mira ein. Sie nahm es und spreizte in zierlichem Bogen den kleinen Finger ab, als sie es zu Munde führte. Sie hatte den Morgenrock enggegürtet. Die Volants stauten sich unter dem Doppelkinn. Ihr Mann war auf Arbeit in Deutschland. Sie vermied es, Go-

spodin anzusehen. Josephina war nicht nur ihre Kusine sondern auch ihre beste Freundin.
»Ich hoffe, daß ich einen Gast mitbringe«, sagte Gospodin, während er das Hemd über die Stuhllehne hängte.
»Du kannst es ja versuchen«, sagte Mira vorsichtig.
»Die Betten sind erstklassig – unsere Ehebetten«, sagte Gospodin.
»Ich ziehe die gestickte Wäsche auf«, schrie Josephina aus der Küche.
»Den Waschraum können sie allein benutzen. Wir waschen uns unten.«
»Sie wollen alle warmes Wasser«, sagte Mira.
»Ich kann ihnen Wasser auf dem Herd warmmachen«, sagte Josephina.
»So viel Wasser, wie die brauchen, kannst du gar nicht warm machen«, sagte Mira. »Ihr hättet einen Boiler kaufen sollen.«
Wortlos nahm Gospodin das Hemd vom Stuhl, den Anzug aus der Tür und verschwand in der Kammer neben der Küche. Josephina in der Küchentür winkte Mira zu sich hinein. »Er hört das nicht gern«, flüsterte sie. »Es ist nicht seine Schuld, daß wir keinen Boiler haben. Wer läßt sich hier schon einen Anzug schneidern? Alle kaufen sie von der Stange. Er kriegt nur Flickarbeit, die nichts einbringt. Tomo ist ein erstklassiger Schneider«, sagte sie laut. »Du mußt den Anzug sehen, den er sich im Winter geschneidert hat. Keiner auf der Insel trägt einen Anzug wie diesen, was sage ich, auch in Rijeka wird man lange suchen müssen, bis man einen solchen Anzug findet.«
Während Mira breitbeinig auf dem Kanapee saß, ihre Zigarette qualmte und sachliche Bemerkungen von sich gab, wuselte Josephina rastlos durch die Küche, wischte und räumte, ohne viel auszurichten, wollte alles auf einmal gut

und besser und Gospodin zu Gefallen machen und kam nicht einmal dazu, den Kamm aus der Krause zu ziehen. Sie kam erst zur Ruhe, als die Tür sich öffnete und Gospodin eintrat. Da verstummte sie mitten im Satz, sah ihn an, wie er die deutsche Grammatik vom Tisch nahm und stehend darin blätterte, und ein Lächeln breitete sich auf ihrem Gesicht aus. Sie wandte Mira den Rücken zu, damit sie es nicht sähe. Es war schon schlimm genug, daß die Freundin monatelang ohne Mann auskommen mußte. Mira zog den Morgenrock über ihre molligen Knie. Ihre blanken Augen liefen Gospodins Gestalt hinauf und hinab, verweilten an kritischen Stellen – Rücken, Schulternähte, Gesäß – »Wie angegossen«, sagte sie, »ein Meisterstück!«

Gospodin tat, als höre er nicht. Er wirkte groß und erhaben, zu groß für die winzige Küche. Aus dem schneeweißen Hemdkragen hob sich sein langes dunkles Gesicht. Der graue Anzug, der locker und faltenlos seine Glieder umgab, war ihm in jeder Hinsicht angemessen. Er stand ihm zu. Man hätte ihn in diesem Anzug malen müssen, um ihn darzustellen wie er vor Josephinas Augen stand: ein Mann, ein Meister, ein geachteter Bürger – fast ein Herr!

Josephina kramte nach einer Bürste, kauerte sich vor seinen Schuhen nieder und begann, mit fahrigen Bewegungen das Leder zu bearbeiten. Zwischendurch warf sie heimliche Blicke auf Mira, ob sie ihn auch richtig sähe und zu würdigen wisse. Über den Rand der Grammatik niederblickend, gewahrte Gospodin den Kamm, bückte sich und löste ihn behutsam aus der Krause. »Nun mußt du dich aber wirklich anziehen«, sagte er im Ton freundlicher Autorität.

Während Gospodin Habalijah Tomo den Kai entlangschritt, Grüße erwiderte, mit den Leuten aus Susak Bemerkungen über Wetter und Fischfang tauschte, ohne sich aufhalten zu lassen, und Gospoda ihm von der untersten Treppenstufe aus nachsah, bis die Häuser an der Kurve seine Gestalt aus ihrem Blickfeld nahmen, steuerte Herr Sevendick seinen Mercedes durch die Windungen der einzigen Straße, die die Insel in Nord-Süd-Richtung durchzieht. Wenn die Kurven es gestatteten, warf er dankbare Blicke zum Himmel, der nach Süden hin tatsächlich blau war, wie der freundliche Mann im Reisebüro »Dalmatia« versprochen hatte: Das Wetter auf den Inseln ist anders, meist freundlicher, als auf dem Festland. Frau Sevendick hatte es nicht glauben wollen. Sie hielt es für ein gutes Werk der Aufrichtigkeit, Herrn Sevendick über Leute wie diesen Mann im Reisebüro, den sie doch gar nicht kannte, ein Licht aufzustecken. Vielleicht, weil sie gemerkt hatte, daß Herr Sevendick eine Sympathie für diesen dunklen, dicklichen, nicht Dynamik, sondern Behaglichkeit ausströmenden Zeitgenossen gefaßt hatte und sich öfter und länger in seinem Büro mit den bunten Landschaftsplakaten aufhielt, als es die Vorbereitung der Reise erfordert hätte. Obwohl diese Fahrt ursprünglich ihr eigener Plan gewesen war, hatten sich im Verlauf der Präliminarien seltsame Umschichtungen ergeben. Wie es dazu kam, begriff Herr Sevendick nicht, es half nichts, auch darüber nachzudenken; so etwas passierte laufend ohne faßbare Ursache. Jedenfalls hatte sich die Sache so eingespielt, daß Frau Sevendick und Junior sich in der Rolle der Zweifler, Spötter und Infragesteller vereinten, wodurch sie ihm, allein durch das Gewicht kritischer Sachlichkeit, die Rolle eines gutgläubigen Naivlings zuschoben: Du und dein Freund – mit dem unaussprechlichen Namen – ihr und eure Insel! – Was macht dein veilchenfarbiges Meer? – Es half ihm gar nichts, daß er sich während der stürmischen

Überfahrt immer wieder versicherte, er sei hier genauso fremd wie die beiden anderen; das Wetter, die fleckigen Klobrillen im Hotel, der miese Kaffee im unaufgeräumten Frühstücksraum – das alles habe er nicht gemacht. Sie hatten nun einmal beschlossen, diese Reise sei *seine* Reise, die Insel *seine* Insel, dieses Wetter *sein* Wetter, und für alles, einfach alles, trage er – auf einmal doch Chef und Pater familiae – die Alleinverantwortung. Herr Sevendick fühlte sich schuldig. Schon beim ersten Blick, heute morgen aus dem Fenster des weniger als mittelmäßigen Festlandhotels auf die treibende Wolkendecke hatte sich an der bekannten Stelle seines Magens jener Knoten geschürzt, der irgendwann später, wenn seine Widerstandskraft aufgebraucht war, als Magenschleimhautentzündung oder Magengeschwür manifest sein würde, und dann, spätestens dann, würde Frau Sevendick nicht umhin können, ihn, den magenkranken Herrn Sevendick, ernst zu nehmen.

Vorläufig war es nur psychisch. Der Anblick der hoffnungsvollen Himmelsbläue bewirkte ein wenig Erleichterung. Wirklich besser fühlte Herr Sevendick sich erst, als er das Steuer unter den Händen, das Gaspedal unter dem Fuß hatte und nach Überholung der Lastwagen als Erster und bald ganz allein südwärts brauste, auf dieser schmalen, gewundenen Straße, die einem schon bei 60 Avusgefühle vermittelte. Zwar war von dem versprochenen Grün, den Olivenhainen und Nadelwäldern noch keine Spur zu erblicken, nur Karst und spärliche Macchia, aber da es mit dem Wetter geklappt hatte, durfte man auch diesbezüglich hoffen. Herr Sevendick warf alle Ängste über Bord und gab sich dem Vergnügen sportlichen Fahrens hin. Dies war schließlich keine Autobahn! Unübersichtliche, nicht überhöhte Kurven, jähes Gefälle, gewun-

dene Steigungen mit vereinzeltem Gegenverkehr forderten Reaktionsvermögen und Geschicklichkeit. Schalten sei sportlicher als Bremsen, erklärte er Frau Sevendick, deren Reaktion hinter der blauen Sonnenbrille verborgen blieb, außerdem würden dabei die Bremsbeläge geschont. Der Widerhall des Motorgeräusches von Felswänden lief als dröhnende Anerkennung der überdurchschnittlichen Leistung nebenher. So wird sie niemals fahren können, dachte er. Sie fummelt zu viel, will alles richtig machen. Zuviel Bemühung, zuwenig Gefühl für den Wagen – Frauen! Ich fahre einfach aus dem Hintern heraus. Die Formulierung machte ihm Spaß: aus dem Hintern! Vital nämlich – ein vitales Verhältnis zum Motor! Zentrum nicht im Kopf sondern im Hintern! – Er setzte sich breiter, drückte die Kurven mit Schwung aus dem Gesäß heraus, und wieder links herum und beschleunigen, präzis herunterschalten vor der nächsten Kehre und Gas!
Blitze von Veilchenfarben aus der Tiefe, ein Boot mit Schaumspur – Herr Sevendick fing an zu pfeifen und wußte, daß er falsch pfiff und genoß auch das: Ein Mann pfeift falsch! Ein Mann fährt aus dem Hintern! Ein Mann zieht gelassen das Steuer herum! Ausläufer von männlicher Behaarung auf dem Handrücken. Wenn er fester zugreift, wirken sie breiter, männlicher. Er griff fester zu. Breite, ruhige Männerhände auf dem Steuerrad. Da kann ich so besoffen sein, wie ich will, fahren kann ich immer, das hat man im Blut! Und Rechtskurve, elegantes Übergreifen und wieder Gas, eine lange, leicht abschüssige Gerade – nun eine Zigarette, Augen zusammengekniffen über dem Rauch. Ein Mann läßt die Zigarette lässig im Mundwinkel hängen, legt lässig den Dritten ein, und hinein in die Linkskurve. Müde? Keine Spur! Beim Fahren nie! Plötzlich war auch Grün da, das mußte ja kommen: eine

bewaldete Landzunge tief unten, wahrscheinlich Nadelholz, in Veilchenfarben gebettet. Herr Sevendick schluckte ein Auge voll Grün, dann schob sich wieder Karst vor den Ausblick, und er hatte es ihr nicht einmal gezeigt! Seine Rechte ließ das Steuer und packte mit kräftigem Griff ihr Knie unter der Hose, aus keinem bestimmten Grund, einfach, weil er sich großartig fühlte mit soviel PS unter dem Hintern. Sie stieß ein Kreischen aus, das ziemlich ordinär klang, so als käme es von ganz unten, jedenfalls nicht aus ihrer zarten weißen Kehle. Juniors »Was ist denn los?« von hinten klang entrüstet. Sie da vorne antworteten nicht, und ihr Schweigen war das erste Gemeinsame, das sie seit Ewigkeiten hervorgebracht hatten. Herr Sevendick warf einen Blick seitwärts auf den nackten Fuß seiner Gattin, der schlank, gepflegt und offenbar schweißfrei in der hochhackigen Sandale stand. Beim Anblick der rosa lackierten Zehennägel empfand er Rührung. Sie lagen friedlich nebeneinander wie eine Familie kleiner blanker Käfer. Plötzlich hielt er es für möglich, mit Frau Sevendick zu schlafen, vorausgesetzt natürlich, daß es ihm gelang, Junior in ein Einzelzimmer abzuschieben.
Als Herr Sevendick in den Parkplatz des »Istria« einfuhr, stand Gospodin Habalijah Tomo abgewandt an einem Baum neben der Einfahrt und blickte unter der beschirmenden Hand aufs Meer hinaus, als erwarte er die Ankunft eines Schiffes. Herr Sevendick, der während der letzten 20 Kilometer seiner Fahrt soviel Sonne, am Ende sogar Grün und Blüten gesehen hatte, daß die Voraussagen »seines Freundes vom Reisebüro« auf das Glänzendste erfüllt schienen, buchte die würdige Gestalt in Grau spontan auf der Habenseite seines Kontos. Wahrscheinlich der Empfangschef! Am liebsten wäre er gleich nach dem Aussteigen auf ihn zugegangen und hätte sich von

ihm empfangen lassen, aber Frau Sevendick, frisch, kühl und unzerknautscht, steuerte bereits auf das Portal des Hotels zu, mit einer gespitzten Miene, die Herrn Sevendick plötzlich bedrohlich erschien, so als stünde ein Wetterumschlag bevor, ein Angriff aus unbekannter Richtung. Erst jetzt fiel ihm auf, daß der Hotelparkplatz leer war bis auf seinen Mercedes und daß sich nichts rührte hinter der terrassenumzogenen Glasfront des klotzigen Fertigbaus, kein Kellner, kein Zimmermädchen, kein Gast.

»Das kann doch nicht sein! Wir sind angemeldet!« murmelte Herr Sevendick. »Das darf nicht wahr sein!«

Er bemühte sich, seiner Frau zuvorzukommen, aber sie war doch die erste, die die Hand an die Glastür des Entrees legte und stieß und zog und es aufgab. »Geschlossen!« sagte Junior.

Frau Sevendick fügte dem nichts hinzu, warf nur einen kurzen Blick unter hochgezogenen Brauen auf Herrn Sevendick.

»Das kann nicht sein!« wiederholte er matt, wandte sich auf dem Absatz um und fing an, die Fassade entlang zu gehen auf der Suche nach anderen Eingängen, nach Menschen, Personal, Information. Erst als er die Ecke des Karrees erreicht hatte und sich umsah, bemerkte er, daß sie ihm nicht folgte, sondern mit Junior in entgegengesetzter Richtung an der Wand entlangging, nun ebenfalls an der Ecke angelangt war; aber sie sah sich nicht nach ihm um.

Das Hotel war wirklich super-super. Durch die Glaswände erblickte Herr Sevendick ein Schwimmbad, sah in den riesigen Speisesaal mit unabsehbaren Tischreihen. Terrassen fielen zum Meer hin ab. Unterhalb führten Spazierwege mit Ruhebänken zu Klippen und Strand.

Der Wind brauste in Föhrenkronen. Nun erblickte er Frau

Sevendick fern und winzig am Geländer einer Terrasse über dem Meer. Auch er fühlte sich winzig und fern. Bis auf den Unbekannten an der Einfahrt waren sie die einzigen Menschen weit und breit.
Noch vorgestern, als Herr Sevendick an seinem Schreibtisch im 7. Stock des Verwaltungsgebäudes saß, hatte er sich Alleinsein gewünscht, hatte Alleinsein seiner Sekretärin gegenüber als wichtigsten Faktor seiner Erholung proklamiert, und nun stand er vor dem leeren Kasten mit den leeren Glaswänden, mit den leeren Promenaden, den leeren Terrassen, dem leeren Parkplatz und war auf eine Weise vereinzelt, daß der Atem ihm stockte, der Magen sich erneut verkrampfte, obwohl doch die Sonne schien, das Meer veilchenfarben, die Luft einfach unvergleichlich war: Kombination aus Meerluft und Waldduft – das Beste für Asthma und Bronchial-Leiden –
Ein Auto näherte sich auf der höhergelegenen Straße. Herr Sevendick folgte ihm mit den Augen in der Hoffnung, es werde in die Einfahrt zum Parkplatz einbiegen, aber es fuhr vorbei, und der Parkplatz blieb leer bis auf den großen grauen Mann, der immer noch am Rand der Einfahrt stand und jetzt, eben jetzt, zu Herrn Sevendick hinüberblickte. Dieser absolvierte die letzte Tür, die ebenfalls geschlossen war, dann eilte er den Weg zum Parkplatz hinauf, wobei er sich mehrmals nach Frau Sevendick umblickte, die mit Junior auf der fernen Terrasse stand.
Als Herr Sevendick den Parkplatz betrat, setzte der Mann sich in Bewegung und kam ihm mit langen, gemessenen Schritten entgegen. Beim letzten Schritt streckte er die Hand aus, und Herr Sevendick nahm sie, fühlte sie warm und trocken in seiner Rechten, die im Schatten der Glaswand kalt geworden war.
»Ich habe hier vorbestellt«, sagte er, »nun ist alles zu. Was

soll das heißen?« Der Mann hob die Schultern und lächelte, wobei große gelbe Zähne sichtbar wurden. An der Hand, die er nicht losgelassen hatte, führte er Herrn Sevendick zu dem Baum am Rand der Einfahrt, an der er vorher gestanden hatte, und wies auf ein mit Schreibmaschine beschriebenes Blatt Papier, das mit Reißnägeln am Stamm befestigt war. Herr Sevendick kramte nach seiner Lesebrille und las, daß das Hotel »Istria« aus organisatorischen Gründen geschlossen sei und die Gäste gebeten seien, das der gleichen Klasse angehörige Hotel »Bellevue« 8 km von hier aufzusuchen. Um die Mittagszeit werde ein Hoteltaxi vorbeikommen und den Weg weisen.
»Wo?« fragte Herr Sevendick, wies mit dem Kinn die Straße auf und ab, »Wo Hotel? Welche Richtung?« Sie gingen ein paar Schritte zur Straße hinauf, die, wie Herr Sevendick jetzt erst sah, in einer langen, abschüssigen Kurve zu einem schmalen Hafen mit Booten führte, in dem die Sonne sanfter lag als auf den Betonklötzen des Hotels. Ehe Gospodin antworten konnte oder wollte, hatte sich das Bild dieses Hafens im Hufeisen kleiner bunter, bergaufkletternder Häuser und Gärten in Herrn Sevendicks Kopf festgesetzt, hatte sich als erwünschtes, erträumtes, endgültiges Reiseziel vor die Hotelprospekte und Landschaftsplakate des Reisebüros geschoben, stand da, füllte alles aus, leuchtete in einem stillen, nachmittäglich gemilderten Glanz. Nichts Bedeutendes freilich, nichts Außergewöhnliches, kein Snob-Appeal, möglicherweise etwas kitschig, aber das war es! Da wollte Herr Sevendick hin! Neben den drei Café-Tischchen am Ende des Hafens wollte er seinen Mercedes parken und ihn nicht mehr ansehen, bis die 10 Tage vorüber waren – formlose, vergammelte Sonnentage zum Schmatzen des Hafenwassers an der Kaimauer.

»Dort nicht Hotel ›Bellevue‹,« sagte Gospodin, »dort ich wohnen. Haus. Sobe für Tourist. Zimmer, verstehen? Sie mitkommen. Schauen. Bitteschön!« Herr Sevendick spürte einen Stich Mißtrauen, nicht sein eigenes, sondern das seiner Gattin. So gut waren sie verheiratet, daß er über 100 Meter hinweg ihr Mißtrauen bekam wie einen Schnupfen. Er hörte sie sagen: Hast du schon wieder einen Freund gefunden? – und trat einen Schritt zurück, blickte den grauen Mann an, wobei er das Kinn heben mußte, denn Gospodin war einen ganzen Kopf größer als er, musterte ihn mit dem Vorsatz, Menschenkenntnis zu beweisen, und es kam gar nichts anderes dabei heraus als beim ersten Mal, nämlich eine starke, schwer zu benennende Anziehung, ein Wunsch, heftig und unüberlegt wie Kinderwünsche, sich von diesem Mann empfangen und führen zu lassen.

»Bitteschön« wiederholte Gospodin und beschrieb eine große Geste zum Hafen hin, als sei dieser samt Häusern, Gärten, Wasser und Sonne soeben auf sein Geheiß herbeigeschafft worden. Herr Sevendick blickte sich nach Frau Sevendick um. Die Terrasse war leer. Er trat einen Schritt zur Seite und sah ihre schlanke elegante Silhouette mit flatterndem Seidenschal zwischen den Klippen. Ein Stück weiter unten saß Junior und zog sich die Schuhe aus. Herr Sevendick legte die Hände um den Mund und rief: »Wartet auf mich. Ich bin gleich zurück!« Sie sah sich um, dann kletterte sie weiter abwärts. Später würde er sagen können: »Ich dachte, du hättest mich rufen gehört.«

Er nickte Gospodin zu und ging rasch zum Auto. Dieser folgte ihm langsam und stieg erst ein, als Herr Sevendick durch den geöffneten Schlag mit einer Handbewegung zum Sitzen einlud. Mit wenig Gas rollte der Wagen auf die Straße und langsam abwärts durch die flache Kurve, die ganz unten in den Hafenkai überging. Keine Anstrengung mehr! Kein Soll und Haben! Herr Sevendick lehnte sich zurück, ließ das Steuer zwischen den Fingerspitzen spielen, ließ einfach rollen ...

Die Besichtigung des Eheschlafzimmers und der Kammer nebenan verlief rasch und befriedigend. Josephine hatte Paradekissen, gestickte Überschlaglaken und die neuen Bettvorleger aufgelegt, den schäbigen Sessel mit geblümtem Stoff abgedeckt und einen Strauß Osterglocken im Einmachglas auf den Schrank gestellt. Herr Sevendick prüfte nur flüchtig die Sauberkeit von Bettwäsche und Waschraum, auch das nicht um seinetwillen, sondern um seiner Frau keinen Anlaß zu Vorbehalten zu geben, warf einen Blick aus dem Fenster auf das Handtuch Veilchenfarben zwischen Häusergeschachtel und fand es gut und richtig, wie er alles gut und richtig gefunden hatte, seit er vom Hotelparkplatz aus Hafen und Häuser im Bergschoß gesehen und als sein Ziel erkannt hatte, und immer weiter gut und richtig, bei der Fahrt um den Hafen herum, beim Parken neben den drei roten Café-Tischchen, beim Ersteigen der Treppe zwischen rosa und grünen und weißen Häuserwänden, beim Eintritt in die Dämmerung des Vorraums, der ihn aufnahm wie einen lange erwarteten Gast.

Während Gospoda Josephina in den Schmeicheltönen ihrer Hühnersprache auf ihn einredete, stieg er gemächlich die Stiege hinab. Schon wurde die Reise nebelhaft vor der Wirklichkeit des Angekommenseins, und beim Anblick von Gospodin Habalijah Tomo, der in der offenen Haustür vor der Nähmaschine saß, rührte sich seine sentimentale Ader und brachte unversehens das Wort Vater hervor, das er außer in Nachlaßangelegenheiten seit Jahrhunderten nicht ausgesprochen hatte. Überrascht nahm er es auf die Zunge und dachte, daß er vielleicht ein-

sam gewesen sei – ein einsamer Mann im harten Berufskampf. Die Augen wurden ihm feucht vor Selbstmitleid. Er genoß auch das. Gospodin Habalijah Tomo ließ das Füßchen seiner Nähmaschine hochschnappen und zog etwas Blaues darunter hervor. Herr Sevendick erkannte sein Freizeitjackett im Marinestil, das er beim Eintritt über den Tisch geworfen hatte. Gospodin hatte sich des seit Wochen zerrissenen Futters angenommen. Auf dem Tisch lagen sauber sortiert Brieftasche, Geldbeutel und Autoschlüssel.
»Das sollten Sie doch nicht tun!« sagte Herr Sevendick. Gospodin war aufgestanden und überreichte ihm das Jakkett. Herr Sevendick fuhr in die Ärmel. Er dankte Gott, daß Frau Sevendick nicht dabei war. Unweigerlich hätte sie die Brieftasche geöffnet und hineingeschaut. Man muß Vertrauen haben, dachte Herr Sevendick.
Gospodin war ins Freie getreten und winkte Herrn Sevendick mit einer Flasche ohne Ettikett, ihm zu folgen. »Garten«, sagte er, »bitteschön«. Er hatte die Grammatik unter den Arm geklemmt. Hinter seinem Rücken stieg Herr Sevendick weitere Stufen empor. Der Platz mit Bank und Tisch lag im lockeren Schatten der beiden Obstbäume – Pfirsich und Feigen –, die auf der Terrasse oberhalb wuchsen. Eidechsen huschten zwischen den warmen Mauersteinen. Gospodin stellte die Flasche auf den Tisch und lud Herr Sevendick zum Sitzen ein. Vom Haus herauf mühte sich Josephina mit Gläsern und Brotteller. Die trockene Wärme der Bretter drang angenehm durch den Stoff von Herrn Sevendicks Hose. Hier würde er sitzen und die Krimis lesen, die er gegen Frau Sevendicks Protest in den Koffer gepackt hatte, ein wenig einnicken zwischendurch, ein Gläschen hiesigen Wein trinken, blinzelnd wie ein Kater die Schatten verfolgen, bis am Abend

die Sonne in den Feigenbaum rutschte. Wenn Gospodin es sich gefallen ließ, würde er ihn zu einem Kaffee an einem der drei roten Tischchen am Hafen einladen. Mit Hilfe der Grammatik würden sie sich über einfache Dinge unterhalten – über das Wetter, über die Leute hier, über Fischfang und Weinbau. Keinesfalls würde er etwas unternehmen, was immer Frau Sevendick vorschlug. »Nimm den Wagen«, würde er sagen, »ich brauche ihn nicht. Ich bleibe hier.« Sie würde mit Junior Bootsfahrten zu anderen Inseln unternehmen. Vielleicht gab es kunsthistorisch bemerkenswerte Gemäuer zu besichtigen. Griechen oder Römer oder Kreuzfahrer – irgendsowas würde sie schon auftreiben und für sich allein haben. Dafür würde er Gospodins Gartenbank für sich allein haben und Gospodin selbst, sein großes braunes eindeutiges Gesicht, seine gelassene Sicherheit und Ordnung ausströmende Gestalt. »Dein Freund!« würde Frau Sevendick sagen. »Bleib du ruhig bei deinem Freund, dem Schneider!«
Während Gospoda Josephina die Hennen in den Verschlag komplimentierte, damit sie den Gast in spe nicht störten, trank er mit dem Hausvater den ersten Slibowitz und dann den zweiten. Sein leerer Magen füllte sich mit Wärme, ein Gefühl wohliger Schwäche wuchs durch die Beine aufwärts. Ich habe einen Schwips, dachte er zufrieden und nahm das dritte Glas, kurz erwägend, ob er versuchen sollte, zu bezahlen, dann den Gedanken weit hinter sich werfend. Gospodin würde das nicht zulassen. Herr Sevendick würde es auf andere Weise gutmachen, auf eine generöse, taktvolle Weise, unter Freunden.
Gospodin saß auf dem einzigen Gartenstuhl ihm gegenüber, neben ihm auf dem Schemel Gospoda Josephina, die leise zu ihm hinaufsprach, und obwohl sie nicht gerade attraktiv aussah mit ihren schon wieder zerrupften Haaren

und der vom Bücken verkorksten Figur, faßte Herr Sevendick auch zu ihr Zuneigung. Er mochte die Art, wie sie zu Gospodin aufsah und eine Fliege von seinem Ärmel entfernte, ohne ihn zu berühren. Sie sprach immer noch, erzählte etwas, was er nicht verstehen konnte. Ihre Stimme entfernte sich, während das Bienengesumm mächtig anschwoll, und plötzlich saß Gospodin allein ihm gegenüber und nickte ihm lächelnd zu. Offenbar hatte Herr Sevendick ein Weilchen geschlafen, warum auch nicht? Seine Augen waren voll Schlafwasser. Er nahm die Arme auseinander und gähnte. Dann leerte er das Glas, das wiederum gefüllt vor ihm stand, erhob sich und sagte: »Danke, mein Lieber. Ich danke Ihnen. In einer Stunde bin ich mit der Familie zurück. Ich komme wieder.« Was heißt »Wiederkommen«? Gospodin blätterte in seiner Grammatik und nickte. Dann nahm er Herrn Sevendicks Arm und leitete ihn die Treppe hinunter.
Erst als die Autotür zuschlug, bemerkte Herr Sevendick, daß sein unfehlbarer Zeitsinn, die Uhr, die er für gewöhnlich im Kopf hatte und deshalb am Handgelenk nicht vermißte, wenn er sie im Bad vergessen oder, wie jetzt, beim Uhrmacher daheim gelassen hatte, daß sein von allen, sogar von Frau Sevendick bewunderter Zeitsinn nicht mehr funktionierte, Gott weiß, wie lange schon nicht. Während er zurücksetzte, begann er nachzurechnen: Die Spanne von der Ausschiffung um 9 Uhr morgens bis zur Ankunft beim »Istria« ließ sich rekonstruieren – 80 km, bei den gegebenen Straßenverhältnissen etwa 1 1/2 Stunden. Was danach kam, verlor sich im Dunst, die Zeit, nicht die Bilder! Die wurden immer klarer, immer leuchtender, je weiter er sich entfernte: Gospodin neben ihm im Wagen; die roten Tischchen am Hafen; die Treppe; der Vorraum mit Nähmaschine; der Garten, ja, vor allem der Garten mit

dem warmen Holz der Bank, mit den fleckigen Schatten, dem Hühnergurren aus dem Verschlag. Das war alles da, nur die Zeit fehlte, sie fiel einfach aus, so daß die Bilder unverändert, unverdeckt durch Späteres stehen bleiben konnten und das, dachte Herr Sevendick, während der Fahrtwind seine Schläfe kühlte, das jedenfalls würde sie ihm nicht wegnehmen können.

Die Schatten schienen ihm erheblich länger als auf der Hinfahrt. Dämmerung umhüllte die aufsteigende Straße wie Abend, aber so spät konnte es doch noch nicht sein. Beim »Istria« waren sie jedenfalls nicht mehr. Nach einer Runde um das immer noch geschlossene Hotel kehrte er zum Auto zurück, hupte und saß noch eine Weile bei laufendem Motor hinter dem Steuer, während im Magen langsam der bekannte Knoten sich knüpfte, und diesmal gab es keine wartende Gestalt neben der Einfahrt. Er war allein.

Er zog den Wagen in einer scharfen, staubhochtreibenden Wendung auf die Straße zurück und nach rechts, den Weg vom Morgen zurück.

Er brauchte einige Zeit – inzwischen hatte er sich an einer Kirchenuhr orientiert und sein Zeitsinn tickte wieder – bis er mit Hilfe von Schildern und Auskünften die Parkanlagen erreichte, hinter denen das »Bellevue«, dem Inselalltag entrückt, seine Glaswände und Terrassen dem Meer zuwandte, das Herrn Sevendick an dieser Seite der Insel weniger blau erschien, nicht veilchenfarben jedenfalls, mit einem Stich ins Graue, der wahrscheinlich von dem Dunst herrührte, der Himmel und Sonne überzogen hatte. Er parkte den Wagen am Ende einer langen Reihe vertrauter Typen und Nummern. Das schlechte Gewissen hatte sich inzwischen allen Teilen seines Körpers mitgeteilt und machte ihm das Atmen schwer, das Gehen mühsam. Gegen alle Vernunft, aus purem Trotz, nahm er an der Bar gegenüber dem Empfang noch einen Slibowitz, ehe er sich bei der Dolmetscherin nach einer Frau Sevendick und Sohn erkundigte. – Ja, heute mittag angekommen, Zimmer 469, der Schlüssel ist nicht hier, die Dame ist auf ihrem Zimmer.

Die ganze Zeit, während er Treppen hinaufstieg, Gänge entlangging, hatte er auf der Zunge, was er ihr sagen würde: Bloß raus aus diesem Touristengetto, fort von den Kollegengesichtern. Ich habe etwas gefunden, das Richtige, das Einzige, laß uns gleich wieder packen und fahren. Wir werden erwartet . . .! Und er hätte es gesagt, je vorwurfsvoller sie ihm entgegengeschaut hätte, umso lauter, wenn er sie gleich beim Eintritt gesehen hätte. Aber als er die Tür von 469 zurückstieß, war das Zimmer leer: ein wirklich erstklassiges, komfortables Doppelzimmer mit einer bereits als Bett hergerichteten Couch für Junior, mit Wandschränken, Sesselgarnitur und Extrabad mit Extraklo, alles schon in Besitz genommen, er roch es beim ersten Atemzug: ihre Seife, ihr Lavendelwasser. Sie hatte offenbar ein Bad genommen, sich frisch gemacht, obwohl sie nie schwitzte, nie nach etwas anderem als nach Lavendel roch. Ihre Toilettensachen standen sauber getrennt von den seinen auf der Glasplatte über dem Waschbecken – seine rote Zahnbürste, ihre weiße, Juniors gelbe in den Gläsern, die Bademäntel, sein blauer, ihr weißer, Juniors rot-weiß-gestreifter am Türhaken, und auch die Betten waren bereits verteilt und auf die vertraute Art gerichtet. Das war immer das erste – Keil heraus, Decken ums Fußteil einschlagen. Wie zuhause war sie rechts, er links, erkennbar an der Anordnung von Reisewecker und Aschenbecher, an den Pantoffeln auf dem Bettvorleger. Auf dem Tisch lagen die Bücher, die sie sich als Ferienlektüre ausgesucht hatte, und ein paar Merian-Hefte über Inseln und Ufer, die vermutlich für ihn bestimmt waren. Die Krimis hatte sie in seine Nachttischschublade versenkt – als könnte jemand von unseren Bekannten hereinschauen und das Niveau unserer Ferienlektüre prüfen, dachte er, ohne das komisch zu finden. Verstohlen wie ein Dieb bewegte er sich über den flauschigen Bodenbelag, nahm Stück für Stück ihre Ordnung wahr mitsamt dem Raum, der darin für ihn vorgesehen war, durchaus nach Maß, wenn er sich so und so benahm, eben so, wie er sich immer benahm, heute aber eine kurze Weile sich nicht benommen hatte. Nun war es wieder da. Er zögerte, wich zurück, stemmte sich gegen den Sog, der mit jedem Atemzug stärker wurde, und lockender – ja, das auch.

Endlich sah er sie, ihren schmalen, über einen Tisch gebeugten Rücken seitlich hinter der Balkontür. Sie schrieb. Er ließ sie nicht aus den Augen, während er sich auf dem Bett niederließ und die Schuhe aufband, die im Lauf des Tages heiß und eng geworden waren. Schon jetzt empfand er, wie anstrengend es war, anders zu sein, als sie sich ihn vorstellte. Womöglich kam gar nichts dabei heraus, weil er ja selbst keine Vorstellung von diesem Anderssein finden konnte, nicht hier, nicht beim Anblick ihres vertrauten, in naturfarbene Rohseide gehüllten Rückens, nicht einmal ein echtes Bedürfnis, wie man so sagt. Er wußte zu gut, daß gelegentliche Versuche in dieser Richtung nach Spiegelfechterei aussahen, nicht nur in ihren Augen, sondern, das war das Beklemmende, auch in den seinigen: Lappalien, kindisches Aufmucken, Albernheiten, die sie so lange nicht zur Kenntnis nahm, bis sie sich von selbst totgelaufen hatten.

Eben lehnte sie sich zurück, reckte beide Arme mit geballten Fäusten hoch und zur Seite. Bis ins Zimmer hinein

konnte er ihr Gähnen hören. Soweit ließ sie sich nie gehen in seiner Gegenwart. Er wunderte sich: ein winziger Stich Beunruhigung. Sie fühlte sich offenbar wohl ohne ihn. Sie schien sich um ihn keine Sorgen zu machen. Junior war vermutlich bereits im Schwimmbad. Sie war die Familie los. Sie erholte sich – ohne ihn.
Statt hinter ihrem Rücken einen kleinen unbemerkten Schlaf zu tun, wie ihm eingefallen war, als er sich aufs Bett setzte, stand er auf, ging auf Socken zur Balkontür und legte von hinten die Hand auf ihre Schulter. Sie wandte sich um, und wenn sie jetzt gefragt hätte: wo warst du so lange? was hast du gemacht? was machst du für ein Gesicht? wenn sie irgend etwas bemerkt hätte, was anders war an ihm, dann hätte er es vielleicht doch noch gesagt, nicht aggressiv und befehlend, wie er es auf dem Weg hierher vorgehabt hatte, nur einfach erzählt, wie es gewesen war und – du kannst es dir ja mal ansehen. Ich finde es wunderbar. Wir werden erwartet. – Sie fragte aber nicht, bemerkte nur, über einen kleinen Seufzer hinweg, daß Junior im Schwimmbad sei, daß er bereits einen Freund gefunden habe, einen 13-jährigen Oberschüler aus Hannover, und daß zwischen sieben und acht gegessen werde. »Es ist doch schön hier«, sagte sie, ohne eine Antwort zu erwarten, »vielleicht willst du dich ein bißchen frisch machen. Dann gehen wir runter und nehmen einen Drink an der Bar.«
So richtig in Ferienstimmung war sie, heiter, verträglich, unternehmungslustig – hatte ihr rohseidenes Sommerkostüm an, nicht viel drunter. Sie brauchte keine Stützen und Futterale – eine Figur wie ein junges Mädchen durch – wie sie sagte – nur ein bißchen Disziplin beim Essen, bei der Körperpflege, bei der Frühgymnastik, die Herr Sevendick schon seit Jahren verschlief.

Während er das Bad einlaufen ließ, fragte er sich, ob es in Tomos grünem Haus warmes Wasser gäbe, einen Boiler – hatte er einen Boiler gesehen? Er erinnerte sich nicht. »Das Badesalz ist in meinem Toilettenkoffer«, rief sie hinter der Tür. Alles lief glatt: Junior aus dem Schwimmbad holen, Drink an der Bar. Es gelang ihm sogar, die Kollegengesichter in der Halle erträglich zu finden. Als sie zum Speisesaal gingen, legte er den Arm um Frau Sevendicks Schulter und fand, sie seien eigentlich ein gutes Paar, sie hell, leicht, grazil, er dunkel und eine Spur massig, aber nicht so sehr, beide durch Tennis und Schwimmen leicht auf den Füßen, gingen gut miteinander, kein Nachschleppen, kein Vorauseilen, kein alberner Fußwechsel. Das hatte sich nicht übel eingelaufen in all den Jahren.
An dem durch Zimmernummern bezeichneten Tisch im Speisesaal saß bereits das Ärztehepaar aus Hannover mit Sohn, grüßte freundlich zurückhaltend, beugte sich wieder über die Teller. Es war alles nicht so unrecht. Er fand keine Argumente dagegen. Nicht sein Kopf revoltierte, sondern der Magen, sein seit 12 Stunden leerer, von Slibowitz angeheizter Magen, daran hatte Gospodin nicht gedacht.
Später schob er es auf den Sperrkreis kauender Kollegengesichter, auf das zuckende Neonlicht, auf den Essensdunst, der zwischen den Glaswänden stand wie in einem Dampfkochtopf. Aber was ihm akut den Magen umdrehte, war eigentlich die Vorspeise – diese Unverschämtheit von einem Hors d'oeuvre in Gestalt eines Paars Wiener Würstchen mit Senfklacks. Als der Kellner den Teller zwischen die Bestecke schob, schoß Herrn Sevendick Säure die Speiseröhre hoch und der Schweiß brach ihm aus. Er wagte nicht, den Mund für eine Erklärung zu öffnen, sprang auf und flüchtete. Hinter ihm fiel ein Stuhl,

und er hörte Frau Sevendick zu Junior sagen: »Kümmere dich um dein Essen, Jonathan!«
Er rannte dunkle Parkwege entlang, bis sein Magen sich beruhigt hatte, dann ging er zum Wagen, schloß auf und setzte sich hinter das Steuer. Sie hatten an der Bar einen Whisky genommen, weil Frau Sevendick Slibowitz barbarisch fand, und nun fühlte er sich auf einmal schwer betrunken, leider nicht auf die gelöste, unbekümmerte Weise, die einen vorübergehend über Widrigkeiten hinweghebt, sondern lästig und häßlich und ungeschickt betrunken. Beschämend lang hatte er gebraucht, bis er mit dem Autoschlüssel ins Loch traf, hatte sich dabei zugesehen, mit ihren mißbilligenden Augen sich zugesehen, wie er täppisch herumfummelte und sich zwischendurch an den Kotflügel lehnte, um nicht das Gleichgewicht zu verlieren. Nun saß er ganz still bei heruntergekurbeltem Fenster, den Kopf an den hinteren Rand der Öffnung gelehnt und horchte der Übelkeit nach, die in der Tiefe des Magens weitergrollte.
»Ich fahre«, murmelte er, »jetzt fahre ich, jetzt«, und wunderte sich, daß er darauf nicht gekommen war: natürlich war es das Beste, allein hinzufahren und allein dortzubleiben. Sie konnte ja mit Junior im Hotel bleiben, beim Schwimmbad und dem 13-jährigen Oberschüler aus Hannover. Die Leute hatten ganz passabel ausgesehen. Überdurchschnittlich kultiviert, fand sie. Sie und Junior konnten ihn ab und zu besuchen. Den Wagen sollten sie ruhig haben, er brauchte ihn nicht. Er würde ihr alles zeigen: unser Garten, unsere Bank, mein Freund Gospodin Habalijah Tomo. – Zum Esssen würde sie ins Hotel zurückfahren wegen der Vollpension. Vielleicht war es ihr auch lieber so. Vielleicht wünschte sie sich sowas schon lange, hatte es ihm nur nicht antun wollen. Vielleicht hatte sie

schon lange genug von ihm. Wie sie sich ungeniert geräkelt hatte an dem Balkon – ihr glattes, entspanntes, arglos zum Himmel gewandtes Gesicht. Vielleicht beklemmte er sie ebenso wie sie ihn. Vielleicht war sie überhaupt ganz anders. Man kann es nicht wissen, dachte er traurig.

Der Himmel zwischen den Föhrenzweigen hatte sich aufgehellt. Irgendwo mußte der Mond aufgegangen sein, wahrscheinlich dort, über dem Hafen, über dem Garten zwischen langsam auskühlenden Mauern. Von unten kam der Anschlag von Wellen ans Felsenufer, das Klickern, mit dem sich das Wasser vom Kies des Strandes zurückzog. Es kam Herrn Sevendick wahrhaftig so vor, als drehe er den Schlüssel im Zündschloß, als fahre er schon, langsam, lautlos, dorthin, schöbe Scheinwerferkeile vor sich her, die Küste entlang, dann aufwärts zwischen Mauern, dann Wald, links das schwarze Karree des »Istria«, sanftes Abwärtsrollen und Auslaufen. Da saß Gospodin Habalijah Tomo in der offenen Tür seines Hauses und nähte bei Mondlicht. Er stand auf als Herr Sevendick die Treppe hinaufkam, ging ihm entgegen, ergriff ihn am Arm. »Ich warten. Sie kommen«, sagte er. »Ich allein«, sagte Herr Sevendick, »ich bleiben.«

Während Herr Sevendick in seinem Mercedes auf dem Parkplatz des »Bellevue« vom Wunsch in den Traum sank und dazu leise Schnarchtöne blies, stand am Ort seines Traumes Gospodin Habalijah Tomo auf der untersten Stufe der Treppe, die von seinem Haus zum Kai hinunterführte, und beobachtete die Einmündung der Autostraße auf der gegenüberliegenden Seite des Hafenbeckens.

Der Korso der jungen Mädchen und Burschen hatte sich verlaufen. Im Café wurden die Lichter gelöscht. Nur die Männer in dem Schiff aus Susak tranken noch unter der Laterne und sangen mehrstimmige Lieder mit ungeradem

Rhythmus in Moll. Einer von ihnen, ein Neffe Gospodins, der auf Susak verheiratet war, rief etwas zu seinem Onkel hinüber und hielt die Flasche hoch. Gospodin winkte zurück, ohne der Einladung zu folgen. Wenn Autoscheinwerfer die Straße hinabfingerten, richtete er sich höher auf und folgte mit Blicken dem Wagen, durch die abschüssige Kurve und an den Fassaden der gegenüberliegenden Seite entlang. Es kamen nur noch wenige, und keiner hielt auf dem unteren Parkplatz, wo Gospodin seit Nachmittag einen günstigen Platz freigehalten hatte.

»Geh schlafen, Tomo!« rief Mira, die mit Gospoda Josephina auf dem winzigen Vorplatz des Hauses oberhalb der Treppe saß. Sie hatten sich zwei Stühle vor die offene Haustür gestellt und plauderten leise im Dunkeln. »Laß ihn!« sagte Josephina. »Er wartet auf den Fremden. Die Serbin braucht nichts davon zu wissen.« Wie eine Antwort gingen im Haus der Serbin die Sonnenläden auf. Auch sie hatte Fremdenzimmer und wartete auf den Nachtwind, um sie zu lüften.

»Man muß sie immer gleich zum Tourist-Büro führen«, sagte Mira. »Buchen oder vorauszahlen! Auf Anstand kann man sich bei denen nicht verlassen.«

»Du kennst doch Tomo«, sagte Josephina, »wenn er jemanden mag – eine ganze Flasche Slibowitz hat er ausgegeben, einfach verschenkt. So ist er!«

»Er hält sie für Menschen, das ist sein Fehler.« Mira spuckte mit Nachdruck in den Palmenkübel neben der Haustür. »Melken, das ist das einzige, was man mit ihnen anfangen kann, sagt mein Mann.«

Sie seufzte wie immer, wenn die Rede auf ihren abwesenden Mann kam, und Josephina seufzte auch. Sie lauschten auf den schwankenden Gesang der Männer, der mit Fäulnisgerüchen vom Hafen heraufquoll, und wiegten sich

leise im gleichen Rhythmus, ohne es zu wissen. Die Steinwände strahlten immer noch Wärme aus. Es war stickig hier oben wie in einem geschlossenen Raum.
»Er hat den ganzen Nachmittag mit der Grammatik im Garten gesessen und Deutsch gelernt«, sagte Josephina. »Er hat mit dem Bootsvermieter gesprochen und Extrapreise ausgemacht.«
»Tomo ist ein guter Mann, aber altmodisch«, sagte Mira. »Er wird nie zu was kommen.«
»Ich finde ihn gut, wie er ist«, sagte Josephina scharf. Diesmal war ihr Schweigen gespannt, fast feindselig, bis Mira sich zu Josephina hinüberbeugte und sie auf die Wange küßte. »Geh schlafen, Kusine!« sagte sie. »Er wird schon kommen, wenn es kühl wird.«
Sie standen auf und trugen die Stühle ins Haus. Mira nahm eine Schüssel mit Eiern. »Geh wirklich schlafen!« rief sie von der Treppe zurück, so daß Gospodin es hören mußte. »Morgen ist ein anderer Tag – und andere Fremde kommen.« Josephina horchte dem Schlappen ihrer Pantoffeln nach, bis oben in Miras Haus die Tür ins Schloß fiel; dann holte sie sich ein großes schwarzes Umschlagtuch aus der Küche, legte ein Sofakissen auf die Türschwelle und setzte sich so darauf, daß sie Gospodins Gestalt vor dem Licht der Schiffslaterne sehen konnte. Der Gesang im Schiff war dünner geworden. Als endlich der Nachtwind vom Meer hereinkam, verstummte er ganz.
Der Wind fuhr Herrn Sevendick durch das offene Autofenster übers Gesicht. Als wenig später Gospoda Josephina die Treppe zum Schlafzimmer hinaufhuschte, nachdem sie für ihren heimkehrenden Gatten das Küchenlicht angeknipst hatte, drückte Herr Sevendick im Bellevue die Klinke des Zimmers Nr. 469 und trat leise ein.
Sie schlief noch nicht. Die Nachttischlampe war mit einem

bräunlichen Tuch verhüllt. Eine warme erdige Dämmerung erfüllte den Raum. Von Junior war nur ein Haarbüschel zu sehen.
»Ist dir jetzt besser?« flüsterte sie.
Er antwortete nicht, ließ die Schuhe fallen und zog sich, zur Balkontür gewandt, aus.
»Ich dachte, du seist weggefahren«, sagte sie, als er ins Bett stieg. »Das dachte ich auch«, sagte er.
Vielleicht hätte er jetzt reden können. Es war etwas in dem Licht, in ihrer Stimme, in der Art, wie sie sich ihm zudrehte, als er sich hinlegte, das es möglich gemacht hätte, alles zu sagen. Aber was? Es fiel ihm nichts ein, was mit Worten gesagt werden konnte.
Sie knipste das Licht aus, und während Mondlicht, Wellenanschlag und Baumrauschen durch die Vorhänge drang, machten Herr und Frau Sevendick sich zum Beischlaf fertig.
Das ist es, dachte Herr Sevendick, als er sie mühelos fand, und die Bilder erloschen wie ausgeknipst. Das muß es doch sein.
Was denn sonst?

Erste Liebe, souffliert

Sie wollten wirklich nur spazieren gehen, wie sie die Wochen vorher spazieren gegangen waren, – er holte sie an der Schule ab, oder sie trafen sich im Universitätsbereich, spazierten im Hofgarten, oder am Rhein entlang oder die Poppelsdorfer Allee hinauf bis zum Schloß und wieder hinunter und wieder hinauf . . .

Was macht ihr nur die ganze Zeit, fragten ihre Eltern, wenn sie zu spät nach Hause kam, wirklich NUR spazieren? NUR reden?

Was denn sonst?

Und eines Tages standen sie plötzlich vor der Tür des Hauses, in dem er ein möbliertes Zimmer hatte – Student der Biologie, 3. Semester – Hast du schon mal Infusorien gesehen? fragte er.

Infusorien? Warte mal, sagte sie, das ist doch das Zeug im Wassertropfen, nein, gesehen hab ich das noch nie –

obwohl sie es gerade in der Schule durchgenommen hatten.

Ich habe ein Mikroskop oben, sagte er, wenn du Interesse hast . . .

VORSICHT! sagte der Einsager. SIE REDEN VON INFUSORIEN UND MEINEN IMMER DAS GLEICHE!

Na gut, auf einen Sprung. Aber wirklich nur auf einen Sprung.

INTERESSE ZEIGEN FÜR MÄNNERARBEIT! IMMER ETWAS WENIGER WISSEN! Und auf der Treppe des Hauses – roter, mit Messingstangen befestigter Läufer, Gummibaum auf jedem Absatz, Türen alle geschlossen wegen Privatleben, aber für alle der Geruch nach Bohnerwachs und Bratkartoffeln – ließ sie ihn vorgehen, damit er sie bloß nicht von hinten sähe, dieses Beben in den Knien, dieses Stoßen von krampfhaft gebremstem Atem . . ., denn natürlich wußte sie, daß sie dran war, und wollte es auch, einerseits und andererseits wieder nicht, weil sie sich erst so kurz kannten –

Nicht zu schnell nachgeben! Sich rar machen! Durch Widerstand Marktwert erhöhen!

– und daß sie es überhaupt wußte, durfte er keinesfalls wissen.

Misstrauisch sein! Verstecken! Überspielen! In Deckung gehen!

Sie blieb auf der Schwelle stehen, bis er sie hineinschob, und seine Hand brannte sich durch den Pullover in die Rückenhaut und brannte weiter, als sie sie schon abgeschüttelt hatte, mit einer angeblich unwillkürlichen Bewegung, die ihn kränkte, sie wußte es wohl, es tat ihr auch leid, mußte aber sein.

Nette Bude! sagte sie. Ich hätte auch gern eine Bude, wenn ich erst studiere, aber Mama möchte, daß ich zuhause wohne, ist ja auch Platz genug . . .

Zeigen wo man herkommt! Dass man kein Freiwild ist, keine, die leicht zu haben ist!

Er ging zu dem Arbeitstisch am Fenster und kramte in dem länglichen Kasten mit Glasplättchen neben dem Mikroskop. Sie sah seine Hände zittern, Jungenhände mit glatter Haut, geschwollenen Adern, hervortretenden Knöcheln, und konnte trotz Wachsamkeit nicht verhindern, daß eine Gemeinsamkeit sich herstellte zwischen seinem und ihrem Zittern und ein Gefühl von Wir Beide, und Mitgefangen-Mitgehangen, und der Wunsch, die Stirn an seinen Nacken zu schmiegen, dort wo die Haare sich über dem nicht ganz sauberen Hemdkragen sträub-

ten, und hinter seinem Ohr zu flüstern: Ich habe auch Angst!
NUR KEINE ZUGESTÄNDNISSE! KEINE ANDEUTUNG VON MITTÄTERSCHAFT!
Also hielt sie sich eisern in der Nähe der Tür, und als er sich umwandte, um zum Wasserhahn zu gehen, tat sie einen raschen Fluchtschritt zu der Kommode, über der ein van Gogh hing, und sagte: Wirklich ein schönes Bild! als ob sich irgend jemand in einer solchen Situation für Bilder interessieren könnte. Ablenkungsmanöver, Ausweichen, Sich-heraus-nehmen aus dem soeben ins Rollen geratenen, nicht mehr zurückzudrehenden Vorgang. Sie schämte sich ein bißchen, war aber auch stolz, daß sie es so herausgebracht hatte, mit dieser klaren, gepflegten Höhere-Tochter-Stimme: Wirklich ein schönes Bild! Mama konnte stolz auf sie sein. Nicht umsonst war Bildung vermittelt worden. IN ALLEN SITUATIONEN SICH SO VERHALTEN ALS WÄREN PAPA UND MAMA DABEI! – aber gegen das Kniezittern half es nicht –, und als sie sich nun ihrerseits über das Mikroskop beugte, sah sie von Infusorien nicht das geringste, weil ihre ganze Wahrnehmung im Rücken konzentriert war, jeder Nerv bebend in Erwartung der Berührung, die kommen mußte, bitte bitte kommen sollte und schließlich auch kam: seine Hand in ihrem Nacken. Den Schock fing sie mit einer Versteifung des Rückens ab, so daß sie fast gar nicht zusammenzuckte unter den Schaudern, die von den Nackenwirbeln bis zum Steiß hinunter und wieder heraufkrochen.
Ich sehe nichts, sagte sie. Kann man das verstellen?
IGNORIEREN! NICHT ZUR KENNTNIS NEHMEN! RÜCKZUG OFFEN HALTEN!
Das mit der Hand konnte ja auch ein Zufall sein, eine Ungeschicklichkeit, als er hinter ihr vorbeigriff, um am Mi-

kroskop herumzukurbeln: Ist es so besser? – Oder so? Sie preßte das Auge ans Glas, sah immer noch nichts, diesmal vor Ärger, daß er zitterte und ungeschickt war, hätte lieber jemanden hinter sich gehabt, der nicht zitterte, sondern einfach zugriff, irgendeiner. Mann!

Aber ich liebe doch diesen, dachte sie entsetzt. Wenn ich ihn nicht liebte, wäre es doch Unzucht . . .

NUR DIE GROSSE EINZIGE LEBENSLÄNGLICHE LIEBE KANN DIESE UNAPPETITLICHKEIT RECHTFERTIGEN!

Ja, jetzt sehe ich! sagte sie, obwohl der Dunst vor ihren Augen sich immer noch nicht verzogen hatte, und dann brachte sie sogar ein entzücktes Ahhh zustande. Schließlich wußte sie ja, was so in einem Wassertropfen herumschwimmt, durfte es aber nicht zugeben, wie er nicht zugeben durfte, daß ihn im Augenblick nichts weniger interessierte als Infusorien. Sie taten nur so. Sie zogen gemeinsam eine Show ab, obwohl doch keine Zuschauer dabei waren aber

DER LIEBE GOTT SIEHT ALLES!

Nicht daß sie richtig dran geglaubt hätte. Nur ein bißchen. Gerade soviel, daß sie Lust hatte, den lieben Gott für sein Allessehen zu bestrafen, indem sie still hielt, als die Hände von hinten unter ihren Pullover griffen: da hast dus, lieber Gott! Mach was dagegen! Dann vergaß sie IHN wieder, hielt nur noch still und mochte es sehr. Ihre Haut mochte es und schmiegte sich in die Hände, selbsttätig, eigenwillig, eigenlebendig . . .

ACHTUNG! DAS TIER!

Wenn sie nur gewußt hätte, was er jetzt dachte, ob er sie WIRKLICH LIEBTE! ob er sie nicht danach

FÜR BILLIG HALTEN würde!

Ich will jetzt gehen! Sofort! schrie sie und erschrak selbst vor dieser schrillen hysterischen Stimme, die etwas kaputt machte, und spürte etwas, das gar nicht gemeint war, nämlich nicht die Begierde, sondern das bißchen Solidarität, das sie in dieser umstellten, belauerten, laufend kommentierten Situation so verdammt nötig gehabt hätten, um DIESE DINGE zu bestehen. Das war jetzt hin, und der Blick zwischen ihnen, ehe sie zur Tür rannte, war einfach böse aus Wut, aus Angst. Das ging zwischen ihnen durch wie ein Schneidbrenner und trennte sie in feindliche Lager: Jäger und Beute.

So hatten sie es nicht gemeint.

An der Tür riß er sie herum. Seine Finger umklammerten ihre Oberarme. Die Spuren sah sie später, als er über ihr lag und ihren Arm um seinen Rücken warf. Damit wollte er sagen: halt mich fest! ich fürchte mich! Aber sie hörte es nicht. Sie war weit weg und böse. Sie biß die Zähne zusammen und gab zum Verrecken nichts von sich her. DIE WERDEN DICH FÜR FRIGIDE HALTEN! DIE WERDEN DENKEN, DU BIST NICHT NORMAL!

Wenn schon! Sie behielt alles für sich, weil das die einzige Art war, in der sie ihn bestrafen konnte. Weil sie ja unbedingt VERFÜHRT sein mußte und er der VERFÜHRER, SEINE VERANTWORTUNG, SEINE ALLEINSCHULD! –

verbiß sich sogar das bißchen Lust, das sie am Ende doch noch daraus zog, und es war ja auch nicht

DIE RICHTIGE LEIB-GEIST-SEELE-VERSCHMELZUNG IN DER GROSSEN EINZIGEN LEBENSLÄNGLICHEN LIEBE –

sondern ein verbotenes Flämmchen, das sich an der Erniedrigung entzündete, an dem VERSCHLEPPT und GENOTZÜCHTIGT sein, an der Vorstellung ihres REINEN WEISSEN UNSCHULDIGEN LEIBES, dem GEWALT angetan wurde. Das gab ihr was ab.

Sie hätte sich lieber die Zunge abgebissen, als ihm einen Seufzer zu schenken. Sie gönnte ihm gar nichts, kam auch nicht dazu vor lauter Schrecken, weil sie das WICHTIGSTE vergessen hatte, die Fragen nach: BERUF EINKOMMEN VERMÖGEN DES VATERS? STUDIUM WANN BEENDET? FESTE STELLUNG IN AUSSICHT? KEINE ANDEREN VERPFLICHTUNGEN?

Plötzlich bemerkte sie, daß er eingeschlafen war.

Wolldecke bis zu den Hüften kniete sie neben ihm und besah ihn von oben, irritiert, etwas zärtlich, etwas beschämt, wie einer, der mit Kanonen auf Spatzen geschossen hat: auf einen Jungen mit runden schlafgeröteten Wangen, klopfenden Schläfenadern, Feuchtem im Mundwinkel, dünnen gewölbten Lidern, die unter ihrem Blick zu zukken anfingen.

Da kam es ihr noch einmal, dieses Gefühl von Wir Beide und der verrückte, verbotene Wunsch, ihn an den Schultern zu packen und aufzurichten, ihm im Bett gegenüberzusitzen, sich mit ihm zu verständigen: und jetzt tun wir's noch einmal. Richtig!

Leider wachte er nicht auf, als sie ihn leise anrührte.

So mußte sie es am Ende doch ganz allein durchstehen: das Aufsammeln der verstreuten Unterwäsche, das hastige Anziehen hinter der Kommode, jemand stieg die Treppe herauf und kramte nebenan in der Bodenkammer), das Warten mit angehaltenem Atem hinter der Tür, bis die Luft wieder rein war, das Diebsschleichen die Treppe hinunter über den roten Läufer, an vorwurfsvollen Gummibäumen vorbei.

Das war es, was sie im Vorgarten krank machte, so daß sie die nächste öffentliche Toilette aufsuchen mußte, um sich zu übergeben, nicht SCHAM UND EKEL ALS STRAFE FÜR DIE VERSCHLEUDERUNG DER UNSCHULD, sondern daß sie, nachdem sie ihm ALLES GEGEBEN hatte, immer noch, und mehr als zuvor, allein war.

Hintergedanken

In den Sekunden, während sie auf ihn zuging und im Licht seiner Augen die Straße überquerte – Johannes hatte sie natürlich von Anfang an gesehen, schon als die Drehtür ihre kräftige kleine Gestalt auf die mittagsmüde Straße wirbelte –, in diesen Sekunden liebte sie ihn wirklich, ohne es zu wissen, denn von Liebe hatte sie noch gar keine Ahnung außer vom Kino und dem Gerede der Jungen und Mädchen in der Berufsschule und aus den Romanen, die ihre Mutter aus der Leihbibliothek holte, und den Tricks zum Einfangen und Festhalten, die sie ihr eingeblasen hatte, also wirklich keine Ahnung hatte sie, aber dies war ein Gefühl, als bewege sie sich in Sonnenwärme, obwohl doch der Himmel bewölkt war, als geriete sie, in kaltem Wasser schwimmend, plötzlich in eine laue Strömung, die sie sanft emporhob und in der schmeichelnden Art, mit der sie ihren Körper umfing, bestätigte, was sie sonst nie so ganz sicher wußte: daß sie gut gewachsen und hübsch anzusehen war. So unbeschreiblich wohl war ihr unter dem Geflatter der Volants, mit dem Sticheln der langen Haare im Nacken, als sie in den zärtlichen Blick des Freundes eingeschlossen über die Straße ging, daß sie, solange sie sich auf ihn zu bewegte, nicht an Taktik denken konnte, überhaupt nichts denken konnte, sich einfach anstrahlen, wärmen und tragen ließ, Schritt für Schritt, Atem für Atem, bis auf den Sitz neben ihm.

Aber kaum hatte sie, heftig wie immer, die Wagentür zugeschlagen, da fiel ihr alles wieder ein, und sie kam sich raffiniert und ausgekocht vor, weil sie ihn absichtlich hatte warten lassen, vom Bürofenster aus ihn beobachtend, wie

er auf dem Parkstreifen gegenüber einparkte und einfach sitzen blieb, ohne Zeichen zu geben oder mindestens hinaufzuschauen zu dem Fenster, das sie ihm oft genug bezeichnet hatte, aber auch ohne Zeitung zu lesen oder am Wagen herumzufummeln, einfach sitzen blieb, Verkehr und Zeit vorübergehenließ, eine Viertelstunde und länger. Die Kollegin hatte ihn auch schon erblickt und eine Bemerkung fallen lassen, und sie hatte gesagt: Der kann warten! obwohl ihr vor Freude und Ungeduld das Blut in den Halsadern klopfte, hatte im Kopf sehr langsam bis 500 gezählt, während sie die Schreibmaschine versenkte, Papier und Ordner wegräumte und statt des Aufzugs die Treppe nahm. Daran dachte sie und unterdrückte ein Lächeln als sie sagte:
Du hast doch nicht etwa auf mich gewartet?
Nein gar nicht, ich bin grad erst gekommen, sagte er und meinte es wirklich so. Er hat ja keinen Begriff von Zeit. Es war ihm, als sei er eben angelangt, habe an sie gedacht, und schon sei sie erschienen, wie gerufen, ja, fast ein wenig zu schnell, als er grade darüber nachdachte, wie tröstlich es sei, daß dieser gläserne Superbau etwas so Herzhaftes, Kerniges beherberge. Woher nahm sie nur nach fünf Stunden Neonlicht und Klimaanlage diese Frische? Als sei sie mit Rothaar und türkisgrünem Kleid soeben aus dem Brunnen gestiegen. Diesen Mut, durch Halle und Tür hindurch geradewegs auf ihr Ziel loszusteuern, auf ihn, ausgerechnet auf ihn, zwischen Autos und Straßenbahn, mit diesem festen, raschen Schritt, der ihm Vergnügen und ein klein wenig Angst bereitete? Wie jung! dachte er, als hätte er die Jugend bereits hinter sich, und war doch erst kurz über zwanzig und immer noch auf der Schule, wie lebendig! Er stellte sich vor, daß ihre Haut nach Milch und ihr Haar nach Gras duften müßte. Eine Sünde wäre es, ihr

Parfüm zu schenken und in der Mischung alles zu verderben.
Er gibt nicht zu, daß er gewartet hat, dachte sie, er tut, als läg ihm nichts daran, ob ich komm oder nicht. Na warte!
So hat Mutter ihr das beigebracht: Geplänkel aus Hinterhalt, jeder versucht, als erster den entscheidenden Coup zu landen, dabei selbst in Deckung zu bleiben; und im Nachteil ist der, der mehr liebt, also Vorsicht! sagt Mutter. Gib dich nicht zu billig her, halt dich zurück, halt deinen Trumpf in der Hand. Der Trumpf ist die Unschuld, die sie im Gegensatz zu anderen Mädchen ihres Alters immer noch hat. Warum eigentlich?
Nicht weil Mutter besonders streng wäre. Sie verbietet ja nicht, fragt nur: Wo wart ihr die ganze Zeit? Was habt ihr gemacht? Wart ihr allein? Winzige Einstiche, die lange graue Fäden von Unausgesprochenem hinter sich herziehen, Hintergedanken!
Nur weil sie mal reingefallen ist, dachte sie, »abgestiegen« heißt es bei ihr, »unter Niveau gegangen«, das kann mir doch egal sein. Aber sie begrüßte Johannes doch nicht mit Kuß, wie sie es gern getan hätte – die Lippen schon feucht und geöffnet, ohne, daß sie es wußte – sondern gab ihm »ganz kühl« die Hand.
Er aber fühlte ihre Hand so warm und lebendig in seiner, daß er sie am liebsten an seine Wange gelegt und dort festgehalten hätte, als Katzenfell gegen das chronische Frieren, das seine Mama ihm vererbt hat, Mama mit den kühlen Händen, den schmalen bläulichen Nägeln; als Papa sie noch liebte, hat er sie mit kostbaren Pelzen überschüttet, nicht die schweren protzigen Pelzmäntel, die der Traum aller Dienstmädchen sind, aller Gerdas, wie sie im Hause Behringer heißen, sondern federleichte, weiche Felle, warm, als säßen sie noch auf dem lebendigen Tierleib. Aus

denen läßt sie sich eine zweite Haut machen, weil die erste, von Gott zugemessene nicht ausreicht, ihr Blut zu wärmen, Fischblut! sagt Gerda. Du und deine feine Mama! Die Mäntel, Jacken und Capes werden nie eingemottet. Sie sind ganzjährig in Gebrauch, noch notwendiger, seit Papa mitunter mit einer Gerda schläft. Geschmacklos und unbegreiflich! findet Mama, die es schon wußte, als es noch gar nicht passiert war. Auch er, Johannes, hat sich früher lieber von einer Gerda ins Bett bringen lassen als von Mama, die bis ins Einschlafen hinein immer wieder fragte: Hast du deine Mami auch lieb?

Was soll man darauf antworten, wenn man gar nicht imstande ist, etwas Derartiges über die Lippen zu bringen, heute noch nicht, auch zu Traudi nicht, die neben ihm saß und mit dem Radio spielte, Traudi, die das hoffentlich nicht nötig hat, die es auch ohne Worte merken wird: Liebe, dachte er, Liebe: unaussprechliches Wort! – und fing an, zum Radio zu pfeifen, ratlos, sie nahm es für Übermut und ärgerte sich. Er fühlt sich zu sicher, dachte sie, er fühlt sich ganz obenauf. Dir werd ichs zeigen!

Bring mich nach Hause, ich hab heut nachmittag keine Zeit! sagte sie, und schon tat es ihr wieder leid; sie sah sich in der Küche sitzen und Kreuzworträtsel lösen, den ganzen schönen langen Nachmittag, den sie sich frei genommen hatte, um mit ihm durch die Stadt zu bummeln, Cola zu trinken, in Boutiquen zu stöbern. Vielleicht wäre es ihm eingefallen, ihr etwas zu schenken, nichts Großes, es geht ihr ja nicht um den Preis, nur um einen kleinen Beleg hier und da, daß ihm was an ihr liegt. Er sagt ja nichts, schaut nur. Bei ihm weiß man nie. Vielleicht eine von den Jugendstilbroschen oder wirklich gutes Parfum oder die knautschige Handtasche, die ihr jeden Morgen auf dem Weg zum Büro in die Augen sticht. Mist! sagte sie, angeblich zu dem Autofahrer, der sie soeben geschnitten hatte. Es würde Johannes nie in den Sinn kommen zu fragen, was sie denn Wichtiges zu erledigen hätte daheim, geschweige denn, sie zu bitten, ihre Pläne um seinetwillen zu ändern. Wenn sie einmal sagt: Ich will! – dann wird es eben so. Seine Wünsche verbleichen zu Hirngespinsten, an denen er ebensogut allein weiterspinnen kann, vielleicht sogar besser . . . Schade, sagte er nur, und so genau sie auch hinhörte, das Bedauern klang nicht sehr feurig, eher müde, eine Spur traurig.

Er findet sich ab, dachte sie erschrocken. Er bringt es tatsächlich fertig und fährt mich nach Hause. Es war ihr, als rege der Vogel in ihrer Hand die Flügel, um davonzufliegen, und gleich erschien er ihr kostbarer. Fester schloß sie die Faust.

Oder hattest du etwas Besonderes vor? fragte sie, um ihm Mut zu machen.

Ach, nichts Besonderes, zog er sich weiter zurück, ich wollte dir nur ein Bild zeigen. Er spürte ihre Enttäuschung und fuhr rasch fort: Ein Bild, das dir ähnlich sieht!

Das interessierte sie natürlich – etwas, das ihr ähnlich sieht! Vielleicht kann sie daraus erfahren, was er überhaupt in ihr findet, darüber ist sie sich nie klar gewesen, keine Ahnung, wie er eigentlich dazu gekommen ist, auf dieser Garden-Party im Club, der ersten, die sie sich mitzumachen traute, geradewegs zu ihr zu kommen, sie einfach anzusprechen, obwohl sie ausnahmsweise nicht allein stand, sondern in einer Gruppe junger Leute, mit denen er gar nichts zu tun hatte – sie auch nicht. Sonst hält er sich ganz für sich, spielt mit dem Trainer, nicht schlecht, aber ohne echtes Vergnügen, eben so, als erfülle er eine Pflicht oder täte jemandem einen Gefallen, seinem Vater wahrscheinlich, der ihm Tennisspielen verordnet hat, wie der

Arzt ein Medikament verordnet: Glutamin zur Auffrischung der Lernfähigkeit, Tennisclub zur Auffrischung der Kontakte zu Gleichaltrigen. Der Junge ist zuviel allein! Man merkt das, die anderen schauen ganz schön überrascht, als er sich zwischen sie schiebt. Die Unterhaltung stockt, der Spaß ist dahin. Er kennt das schon, aber diesmal, weiß der Himmel warum, hält er durch und überbrückt die Stille mit einer absurden Geschichte, die nicht richtig komisch ist, nicht so komisch, wie die Geschichten von Max oder Charles, aber es hilft doch. Als die anderen ihre Fäden wieder aufgenommen haben, sagt er zu ihr, und nicht zu Regine oder Petra oder zu der Engländerin, die für die Ferienwochen im Club zu Gast ist, sondern ausdrücklich zu ihr, die erst vor kurzem eingetreten ist (und frag nicht, was Mama alles angestellt hat, um sie da einzuschleusen), fragt sie geradeheraus, ob sie nicht mit ihm ins Seehaus zum Abendessen fahren will. Was hat er bloß in ihr gesehen, die gerade im Club niemals das Gefühl hat, jemand zu sein, den jemand anspricht? Weder Charles noch Max, nicht einmal eine der Randfiguren hat bisher das geringste Interesse an ihr gezeigt, niemand macht Anstalten, sie nach Hause zu bringen. Sie muß mit der Straßenbahn fahren; der Weg zur Siedlung heraus ist zu weit, als daß sie im Ernst behaupten könnte: Ich gehe lieber zu Fuß. Jedesmal wendet sie sich ab, wenn die anderen mit ihren bemalten Enten und Käfern an der Haltestelle vorüberbrausen, hofft, sie schauen nicht hin, erbärmlich, wie sie allein dasteht, sich stehen sieht so erbärmlich allein, als etwas Grobschlächtiges, Viereckiges, Unpassendes, als etwas, das im Wege steht und zur Seite geschoben wird. Sie leidet echt, solange es dauert. Aber schon in der Straßenbahn schießt das unverwüstliche Selbstbewußtsein, dieser nicht kleinzukriegende Mut, der trotz Mutter in ihrer

Mitte rotiert, gerankt an blassen Arbeiterinnen und abgeschlafften Hausfrauen, wieder empor, und zuhause, ja zuhause ist Traudi Kasche etwas ganz anderes, Elegantes, Leichtes, Überlegenes:
Müssen wir denn in der Küche essen, Mama? – Betonung auf der zweiten Silbe: Mamá.
Warum bringst du die Bratkartoffeln in der Pfanne auf den Tisch?
Wenn du schnarchen willst, Vater, dann geh doch gefälligst ins Bett!
Laß nur, Mama, das verstehst du nicht!
Zierlich rümpft sie die Nase, sagt Pardon statt Verzeihung.
Laß sie doch, Vater, sie ist etwas nervös!
Ja, Traudi Kasche ist nervös. Sie gehört einer höheren Zucht an, die über Nerven verfügt. Rülpsen bei Tisch verdirbt ihr den Appetit, selbst bei Pfannkuchen, die früher ihr Lieblingsgericht waren. Früher ging sie sonntags mit Vater Kasche zum Angeln, und wenn es regnete, nahm er sie unter den Mantel, da saß sie winzig und mollig wie ein Vogel im Nest. Mein kleines Mädchen! denkt Vater Kasche und wendet sich ab, wenn er den Zahnstocher gebraucht.
Sie sagt: Wir haben uns so interessant unterhalten! – wenn sie später nach Hause kommt, als Vater in ihrem Alter durfte. Was weiß Vater von »unterhalten«? Wenn er am Freitagabend ausgeht, trinkt er Bier und spielt Skat, das ist seine Unterhaltung. Und wenn er später nach Hause kommt, weiß man gleich, was mit ihm los ist.
Nimm dich doch zusammen, Vater, Traudi hat das nicht gern!
Daheim, vor dem Kleiderschrankspiegel, wenn sie die weißen Tennisshorts anzieht, die sie allein – laß nur Mama,

ich komm schon allein zurecht – im teuersten Sportgeschäft ausgesucht hat, dann sieht sie fast so aus, wie ein Bild aus »Brigitte«, rank und schlank – sie ist wirklich nicht dick, höchstens ein wenig voll um die Brust und die Hüften, naja – lässig führt sie Schläge ohne Schläger, sieht sich lächelnd um, nickt zur Wand hin, wo statt Max oder Charles ein Alpenglühen im Goldrahmen steht. Warum gelingt ihr das nicht im Club? Grad da, wo es drauf ankäme, wo man Bekanntschaften fürs Leben machen muß, sagt Mama, wo es darum geht, eingeladen zu werden – da werden die Knie plötzlich klobig, die Shorts, die eben noch tadellos paßten, spannen um die Taille und im Schritt. Ein Glas mit Cola aufzuheben erfordert Konzentration und Mühe.
Flecken unter den Achseln?
Eine Party, zu der ich nicht eingeladen bin?
Eine neue umwerfende Platte?
Sie müssen doch erstklassig Tennis spielen mit diesen Gelenken! sagt Max, das soll ein Witz sein, und sie lacht mit den anderen, während die Handgelenke zu elephantischen Ausmaßen schwellen. Schade, sagt Mutter, die breiten Gelenke hast du von Großvater Kasche! und hält ihre Stöckchen daneben.
Damit Traudi Kasche bloß nicht vergißt, daß Großvater Kasche noch Knecht beim Bauern war, dagegen Großvater Haeckel ein Lehrer; Mutter hat es ihr oft genug eingerieben bis unter die Haut, bis in die Knochen hinein: Mutters Hintergedanken! nicht ihre eigenen, wo soll sie's denn herhaben, sie fängt ja grade erst an, und die Zeiten haben sich doch ein wenig geändert: Großvater Kasche und Großvater Haeckel sind tot und begraben, Karl Rieger von nebenan in der Wetterbergstraße bringt mehr Geld aus der Fabrik mit nach Hause als der Kollege vom

Schreibtisch, ganz zu schweigen von den Studenten, die doch einmal Arzt und Rechtsanwalt werden, jetzt aber noch linke Spinner sind, scharf auf Arbeiter und Arbeiterkinder, gib dich mit denen nicht ab, sagt Mutter, halt dich an diesen Behringer von Behringer & Co, wenn er es wirklich ernst meint, trotz. Wieso trotz?
Für Johannes liegt da überhaupt kein Problem, das hat sie schon heraus, heller als er ohne Zweifel, an Denkvermögen fehlt es ihr nicht, nur manchmal an Lust und jetzt auch an Zeit, denn sie muß sich ja ranhalten, ihn bei der Stange halten.
Ich will nicht nach Hause, dachte sie. Auf keinen Fall will ich jetzt schon nach Hause!
Du schaust so traurig, sagte sie, als er das Auto vor der Ampel zum Stehen brachte, was denkst du grade? – und fuhr ihm mit der Hand übers Gesicht, als seien da Spinnweben abzuwischen.
Nichts Besonderes, sagte er, und du? Was denkst du?
Auch nichts Besonderes!
Sie lächelten einander zu und waren sich nah, solange die Ampel rot war. Wie gut, dachte er, daß ich damals nicht abgehauen bin, daß ich durchgehalten habe trotz Enttäuschung über geziertes Wimperngeflatter und künstliches Zögern: Moment mal, na gut, heute hab ich zufällig nichts vor!
Statt einfach Ja zu sagen! Statt gar nichts zu sagen und einfach mitzukommen, wie das manchmal in Träumen passiert oder im Film. Meine aufgeblasenen Hoffnungen! Meine schleimspurigen Enttäuschungen! Wie sauer das erste Glas Wein nach der Verführung des Duftes! Wie öde das erste Maskenfest nach dem fantastischen Wirbel der Vorbereitungen! Wie fad der erste Beischlaf nach soviel glühend verschlungener Literatur.

Freu dich nicht zuviel! Freu dich nicht zu früh! Freu dich am besten gar nicht! Sieh mich doch an! sagt Mama in ihrem verdunkelten Zimmer zwischen Konfekt und Migränetabletten. Sieh mich doch an!

Warum fährst du nicht? sagte sie und puffte ihn in die Rippen. Ist doch längst grün! Er gab Gas und nahm die nächste Kurve mit kreischenden Reifen, er wußte, das mag sie, soviel hatte er schon gelernt seit damals, und sah sich immer noch zwischen den anderen stehen in dieser schief geneigten Haltung, als hätte er etwas an der Hüfte oder ein Bein zu kurz, was gar nicht der Fall ist, und wünscht wünscht wünscht, das Mädchen werde vergessen, was er von Abendessen im Seehaus gesagt hat, und daß er überhaupt etwas gesagt hat, möchte einfach weggehen oder hier auf der Stelle, zwischen den gestreiften Liegestühlen des Clubs und den Tischchen mit eisgekühlten Getränken immer kleiner und weniger und schließlich unsichtbar werden, damit sie ihn ein für allemal vergäße, seine neblige Existenz zwischen gestern und morgen, wie Papa das ausdrückt im Hinblick auf ihn und Mama, ohne das geringste Heute dazwischen, aber gerade dort, im Heute ist dieses Mädchen zuhause, adieu und machs gut und vergiß es!

Sie hat ihn aber doch nicht vergessen, lächelt ihm ganz verzwickt zu, raffiniert soll das sein, als Charles, der sie soeben zum ersten Mal wahrnimmt, die Hand auf ihre Schulter legt und sagt: Ich dachte, Sie fahren heute mit uns? Und das hätte er nie gesagt, er wäre nie auf die Idee gekommen sowas zu wollen und zu sagen, wenn Johannes nicht zuerst gewollt und gesagt hätte, genug, um ihm in alle Ewigkeit dankbar zu sein, dachte sie, auch wenn er ein Trottel wäre, wie Charles immer sagt, ein degenerierter, verkorkster, schulisch und überhaupt zum Versagen bestimmter Schmalkopf. Das ist ihr bei diesem ersten Mal völlig egal. Als sie den Mund auftut, ist es ein reiner Genuß, jedes Wort ein Honigbonbon: Ein anderes Mal vielleicht, Charles! Und »Charles« ist besonders gelungen, fast wie vor dem Spiegel daheim, das merkt sogar die Engländerin, die doch kaum deutsch versteht, wendet ihr die blassen Augen zu, in denen ganz deutlich geschrieben steht: Sieh mal an, die kleine Kröte! oder wie das auf englisch heißt.

Soviel Glück! Wie kann man das loswerden? Jetzt zuhause die Tür ins Schloß schmettern, aber laut! laut! Mutter, stell dir vor! Wie sie in Schlappen aus der Küche kommt, ihr zuliebe die Schürze abnimmt: Nein, Kind, wirklich? Ich will nur eben zuhause anrufen, sagt sie an Charles vorbei zu Johannes, nimmt ihre Tasche, hält krampfhaft die Lippen zusammen, um nicht zu strahlen wie ein Weihnachtsengel, langsam, langsam, laß ihn nur warten, aber hinter der Ecke hält sies nicht mehr aus. Da fängt sie an, den Rasen entlang zu hüpfen wie bei Himmel und Hölle in der Wetterbergstraße, ist ja auch gar nicht so lange her. Bei Riegers nebenan ist Telephon: Bestellen Sie meiner Mutter, ich gehe noch aus, sagen sie ihr, mit Herrn Behringer junior von Behringer & Co, wir essen auswärts, es kann spät werden.

Nun, so spät wird es doch nicht, und nicht alles ist so, wie sie es sich vorgestellt hat, und doch war es schön, dachte sie und ließ sich von der Kurve sacht gegen Johannes Schulter drängen: Es war doch schön damals im Seehaus!

O ja, es war schön! sagte er und kehrte, während er langsamer weiterfuhr, in Gedanken dorthin zurück, roch den Geruch von Schilf, das den ganzen Tag in der Sonne geschmort hat, flacher, strohiger Raschelgeruch, und den kühlen, satten Wassergeruch, breit dahinschweifend wie

feuchte Tücher, und den gärigen Geruch des Wasserschleims auf steinigen Uferstreifen, und, leichter darüber hintreibend, den Staubschleierblumengeruch des Heus von den Wiesen, Mama bekommt immer Schnupfen davon, kühl unterströmt vom Waldgeruch, der die verstockte Stille des Waldinnern mitbringt – das alles nicht außen, nicht schmerzhaft getrennt, sondern in ihm und durch ihn hindurch, verschmelzend mit dem Rieseln der Mattigkeit in den hochgestellten Beinen, mit den wattig gedämpften Geräuschen aus der Küche des Restaurants und der trägen Erwartung von Forelle blau und Bocksbeutel, mit der durchsichtigen Weite des erblassenden Himmels über der sich aufwölbenden, von Dämmerungsdickicht umkränzten Seekugel. Aus dem Schilf fliegen Enten auf. Von Entenflügeln in das Metall des Sees eingeritzt steht einen Augenblick lang das Zeichen für Glück. So gleiten sie eine kurze tiefe Weile dicht nebeneinander, ohne sich zu berühren, auf der gleichen Welle dahin, schweigend, auch sie, genug um ihr in Ewigkeit dankbar zu sein. Jetzt untergehen, denkt er, dort wo Entenflügel den See geritzt haben, unverzüglich versinken und Glück mit auf den Grund nehmen.
Dann kommt der Kellner mit dem dampfenden Tablett, und es fällt auseinander, ganz sanft. Windfächer wedeln über See und Entenspur. Worte – gelinde einsetzender Rieselregen – treiben Ringe auf, die verlaufend ineinanderwachsen. Vorbei! Zurück zu den kleinen Freuden, die das Leben angenehm machen: milchweiße Forellenbäckchen, die er ihr auf der Spitze des Fischmessers überreicht, und, als sie den Mund aufsperrt, behutsam in der Mulde ihrer Zunge niederlegt. Eine Delikatesse! leider viel zu klein, viel zu wenig, um wirklich etwas davon zu haben, findet sie und wünscht sich eine ganze Schüssel Forellen-

bäckchen und einen großen Suppenlöffel dazu. Diese Lust! Sogar auf Kartoffeln! Wie sich die Kehle spannt, wenn sie beim Lachen den Kopf zurückwirft, wie mutig der Helmbusch des Pferdeschwanzes vor der Dämmerung hüpft und tanzt. Wie gut könnte es sein, alle Tage mit ihr zu essen, alle Nächte mit ihr zu schlafen, denkt er und hätte es sogar sagen können. Jetzt, gerade jetzt hätte er es sagen können. Aber jetzt, gerade jetzt hat sie vor lauter Wohlsein Zukunftspläne und Taktik vergessen; in dem Kokon verklebter, verfilzter Fäden rührt sich die neue Gestalt, die eigene Stimme. Zum ersten Mal erzählt sie von sich, kleine Geschichten aus dem Büro, von zuhause, und »als ich klein war«, möchte heraus, ans Licht, in die Wärme, zu ihm, ganz ohne Mutters Hintergedanken.
Leider hört er nicht richtig zu. So dringlich ist er damit beschäftigt, den Augenblick zu halten, sich selbst im Zustand des Wünschens zu halten, daß dieses erste Gratis-Geschenk an seinen Ohren vorbeigeht wie Regenrauschen. Das tat ihm jetzt leid.
Gehen wir wieder dorthin? sagte er. Essen wir wieder Forellen wie damals im Seehaus?
Sie zögerte. Warum wieder dahin zurück? Muß es nicht immer weitergehen? Forellen im Seehaus, schon gehabt! Jetzt etwas neues, mehr, teurer, ergiebiger: Kaviar, Austern . . . es gibt ja so vieles, was sie noch nicht gehabt hat, vielleicht Hummer in Mayonnaise, zum Nachtisch etwas von Liebe, nicht was Mutter sich unter »ernsten Absichten« vorstellt, nicht solche Hammer wie »Liebeserklärung« oder »Heiratsantrag«, nur ein kleines Signal, Leuchtkugel zur Orientierung im Dunkeln: bleib doch! laß mich nicht allein! komm, wir fahren irgendwohin!
Sags doch, dachte sie, halb erstickt vor Erwartung, sags jetzt! los! sags!

Du wolltest mir doch was zeigen, was mir ähnlich sieht! sagte sie. Wir sind schon vorbeigefahren, sagte er, ein Bild von Vermeer, nicht wichtig.
In ihrem Kopf ging es rund: Vermeer, wer ist das schon wieder? Einer von den Modernen, wo man nicht erkennt was drauf ist? Ein Kirchenbild, das man schön finden muß, weil es alt ist?
Du würdest es gar nicht ähnlich finden, sagte er rasch, außerdem willst du nach Hause, hast du gesagt.
Das hat sie sich nun selbst eingebrockt und könnte sich dafür ohrfeigen, aber mehr noch ärgert sie sich über ihn, über seine Art, die Dinge entweichen zu lassen. So wird er mich eines Tages entweichen lassen, ohne mich je gehabt zu haben, dachte sie hellsichtig, wegen nichts, weil es nicht darauf ankommt, weil es ihm auf nichts nichts nichts wirklich ankommt, und dabei liebt er mich doch, o verdammt, sie hatte wahrhaftig Lust, ihn in den Hintern zu treten und voranzutreiben wie einen Ball, weiter und weiter und weiter ins Tor.
Viel zu schnell flogen die Straßen vorbei.
Nimm das Gas weg, Idiot der du bist, Spinner, Allesverpasser! Schon Stadtrand, Endhaltestelle, Schulweg, Spielrevier, die Ecke mit Obst-Gemüse-Südfrüchte und Wetterbergstraße, zu schnell, zu spät, ihm ins Ohr zu flüstern: Halt an, Johannes, kehr um, ich will nicht nach Hause, ich will bei dir bleiben.
Da sind wir! sagte er. Was meinst du: Gehen wir heute abend ins Seehaus?
Na gut, sagte sie, immer noch wütend, aber ein Stich Hoffnung war auch schon dabei: Heut abend, wer weiß, da kann noch was drin sein, da kann noch alles passieren!
Wie sie die Füße auf das Pflaster stemmte und hochging wie eine Feder! Wie machte sie das? Wo nahm sie es her?

Das Gartentor schmetterte ins Schloß. Sie drehte sich um, strahlte schon wieder: Sei pünktlich! Und nahm die Stufen mit Sprung.

Erst auf der Schwelle hielt sie inne und wartete mit dem Klingeln, bis er um die Ecke war. Während er es plötzlich kühl fand im Auto und draußen weniger hell, trotz Mittagssonne, und wußte, daß auch das Einbildung war wie alles, wie alles, hörte sie die Mutter durch den Flur näherkommen und dachte:

Sie hat schon wieder die alten Schlappen an. Ich werde keine alten Schlappen tragen. Nie im Leben werde ich alte Schlappen tragen, nie, nie, nie!

Die Hochzeitsnacht

Die Freunde haben den bekränzten Hochzeitswagen gewendet und sind winkend und rufend um die Ecke verschwunden. Die beiden stehen allein unter der Laterne. Sie lassen die Hände fallen und wenden sich zögernd der Treppe zu, die durch verschneite Gärten zum Haus hinaufführt. Er legt den Arm um ihre Hüfte, sie den ihren um seine – das »junge« Paar, sie 27, er um die 40, und daß sie nun doch geheiratet haben, ist reine Formalität, praktischer und billiger wegen Mietvertrag und Steuer. Im Grunde ändert sich gar nichts, das haben sie sich oft genug versichert: Wir bleiben frei, zwei freie Menschen, durch nichts als durch Liebe verbunden.

Soweit war alles klar, und vorige Woche, bei ASKO, als sie das Bett kauften, lachte sie noch und schnitt frivole Fratzen hinter dem Rücken des Verkäufers, weil er Gnä' Frau zu ihr sagte, mit diesem diskret obszönen Lächeln, das Verkäufer bettkaufenden Paaren gegenüber für angebracht halten; aber die Art, wie sie sich beim Marsch durch die Ausstellungsräume auf den Arm des Freundes stützte, diese gewisse Fürsorglichkeit, mit der sie ein Stäubchen von seiner Schulter entfernte und mit spitzem Nagel hinterherkratzte, war anders als sonst. Sie merkte es selbst. Damals merkte sie sowas noch und kaschierte, was da in ihr aufstieg, durch ironische Übertreibung, indem sie schmelzend zu ihm aufblickte, die Nase an seiner Schulter rieb: Ach Liebling, mir ist so seltsam! – Eine Farce für den Verkäufer, der sich soviel Mühe mit ihnen gab: Beachten sie die Luftdurchlässigkeit der Schaumstoffmatratze! Feierlich entzündete er eine Zigarette, lüpfte die tadellose

Hosenfalte, blies Rauch von unten in das angehobene Stück: 1. Qualität, 200 × 175 französische Breite! Und tatsächlich, der Rauch ging hindurch und oben wieder heraus, wie zu erwarten war. Probieren Sie's aus, gnä' Frau, vertrauen Sie sich an! Lassen Sie sich fallen! Erfahren Sie ein ganz neues Bettgefühl! – In Mantel und Pelzmütze – nur die Stiefel hatte sie ausgezogen wegen des Novemberschmutzes – ließ sie sich auf den Rücken nieder, zwinkernd, verstohlen feixend, noch ahnungslos, und versank, nicht nur in Schaumgummi (12 cm, darunter Holzrost, ideal für Bandscheibenbeschwerden) versank bodenlos in etwas, was für sie darunter bereit war – die Vorstellung: Ehebett. Das hätte sie nicht für möglich gehalten; da hätte sie gelacht, wenn ihr das jemand vorher gesagt hätte; dagegen hätte sie sich besser gerüstet, wenn sie nur eine Ahnung gehabt hätte. Aber da lag sie schon. Flach unter dem dezenten Amüsement der Herren, während es unaufhaltsam über sie hinwegwuchs: ein großes und ewiges, ein erhabenes und erhebendes, ein allgemeines, total unpersönliches Gefühl von dem, was auf sie zukam, und hatte nichts dagegen einzusetzen, als das alberne Kichern, das kaum ausreichte, um die Tränen zu kaschieren, Tränen – entsetzlich! Tränen bei der Vorstellung Ehebett, die sich, kaum erschienen, sogleich mit Erinnerung vollsog: der Doppelschragen ihrer Kindheit, sakraler Aufbau am Kopfende – symmetrisch zu Mitte emporwallende Schnörkel, gekrönt von gedrechselten Kugeln – die Zwillingshügel schamhaft verschwiegen unter weißer Häkeldecke mit Fransen bis zum Fußboden, in siebenjähriger Brautzeit von Mama selbst gehäkelt, mit Liebe, Kind, Liebe in jeder Luftmasche, in jedem Stäbchen!

Er sah es ihr an: Ist dir nicht gut? Und der Verkäufer rannte nach einem Glas Wasser für die gnä' Frau, und sie versuchte es nochmals mit Lachen. Er fand das mit Recht unerträglich: Hör auf zu lachen! Was ist denn? Was hast du?

Hastig und verlegen erzählte sie ihm von dem uralten Film: Die käuflichen Mädchen von Maupassant, weißt du noch, wie sie weinten, als die Kollegin vor den Traualtar trat? Wie sie im Kirchengestühl dahinschmolzen? Wie sie schneeweiße Spitzentüchlein mit inständigen Tränen durchnäßten? Er verstand weder das noch die plötzliche Wendung, mit der sie aufstand, ihn bei den Schultern packte und sagte: Vielleicht sollten wir nicht heiraten!

Darauf fiel ihm nur das Gewohnte ein: Aber es ändert doch nichts. Im Grunde ändert sich gar nichts.

Bist du auch sicher?

Er war ganz sicher.

Versprich mir was! flüsterte sie, während der Verkäufer zwischen Betten heranwedelte, versprich mir: Wenn ich irgendwann anfange, verrückt zu spielen, Ehe zu spielen, dann pack mich, dann schüttle mich, dann ohrfeige mich, wie man es bei Betrunkenen macht, von rechts nach links, von links nach rechts. Bis ich wieder normal bin.

Er versprach es. Wird er es halten?

Da steigen sie, Hüfte an Hüfte, Schulter an Schulter, hinter ihrem in eins verschmolzenen Schatten her, immer höher hinauf, immer weiter weg von der Farce der Hochzeitsfeier, immer langsamer, immer feierlicher, immer gewichtiger ... SIE macht das, kein Zweifel. SIE hängt sich so schwer in seinen Arm, als könnte sie allein nicht mehr gehen. SIE produziert diese heilige Stille von Ewigkeitswert; und fragt nicht mal. Will es gar nicht wissen, ob er auch so fühlt oder ob sie es ihm nur aufoktroyiert durch gebremste Bewegung, durch Gewicht; oder nimmt sie einfach nur an, daß er auch so fühlt, weil sie so fühlt; oder

zieht sie ihn gar nicht erst in Rechnung, hat sie ihn ganz vergessen und nur eins im Kopf: MEIN MANN!
So stark ist das!
Und jetzt sollte er sie packen und schütteln, notfalls ohrfeigen. Jetzt sollte er sie erinnern, daß er auch noch da ist und daß sich nichts ändert. Ich bin ich, sollte er sagen, dein langjähriger Begleiter, wie man so sagt. Wir haben schon x-mal miteinander geschlafen, und nun tun wir es eben wieder, oder auch nicht, vielleicht grad heute nicht, also mach keinen Zauber! Spiel es nicht hoch!
Er sagt aber nichts. Er spielt mit: führt sie behutsam »wie etwas Zerbrechliches« über die Terrasse zur Haustür, läßt sie nur los, um den Besen zu ergreifen, der von der Generalreinigung stehengeblieben ist, und kehrt Schnee von der Schwelle: der gute Hausvater! Während sie, nun allein, weitere Stufen emporeilt, innen im Haus, noch höher hinauf, noch weiter weg, getragen von diesem großen und ewigen, erhabenen und erhebenden, unpersönlich allgemeinen Gefühl, in dem für Banales kein Platz ist, wofür sich das Banale zu gegebener Zeit infam revanchieren wird – sie könnte es wissen, aber jetzt will sie schon nicht mehr.
Wie muß ihr das doch gefehlt haben! Wie muß irgend etwas in ihr danach verlangt haben! daß ihr kein Zweifel kommt, keine Erinnerung an Vorsätze, während sie im Bad die vorgeschriebenen Waschungen ausführt, sich reinigt und salbt und schmückt – irgendwie rührend, nicht wahr, irgendwie herzergreifend, empörend zugleich, wie diese nicht mehr ganz junge und keineswegs unschuldige »junge« Frau gehorsam Tribute entrichtet, die niemand verlangt hat; wie sie die neue, nur einmal zwecks Beseitigung der Appretur gewaschene und gebügelte Bettwäsche aus dem Einbauschrank hebt und über dem ASKO-Bett

ausbreitet, darauf die beiden Kopfkissen legt und die eine einzige Zudecke, auf der sie trotz Warnung erfahrener Freundinnen (Er dreht sich um, und du liegst im Freien!) bestanden hat. Wie sie feierlich zupfend und glättend ihr Werk umkreist, in diesem nicht-alkoholischen Rausch befangen, der Bewegungen langsam und bedeutend macht – »wesentlich«, hätte ihre Mutter gesagt. Wie sie die neue, ebenfalls weiße Unterwäsche ganz gegen ihre persönliche Unordnung – aber sie ist eben nicht persönlich, sondern die Braut, die zukünftige Mutter von Kindern – hausfraulich sorgsam über die Stuhllehne hängt und mit geschlossenen Augen das ebenfalls weiße Nachthemd zuknöpft bis zum Hals, ehe sie sich niederlegt.
Und nicht die blasseste Ahnung, interessiert sie auch nicht, wo und wie er in diesem Augenblick sich befindet, ob immer noch hausväterlich beschäftigt, ob trinkend an der Hausbar oder nachrasierend im Bad oder zeitunglesend im Sessel. Nur eins: Er wird kommen!
Und er kommt. So stark ist das! Was bleibt ihm denn übrig? Ungeheuerliche Dinge müßte er tun, um der sakralen Choreographie zu entkommen: den Mantel nehmen und fortgehen. Aber es ist kalt. Die Kneipen sind zu. Alle Freunde damit befaßt, seine Hochzeit zu feiern. Den Wagen nehmen, weit fortfahren, in eine andere Stadt, zu irgendeiner irgendwo abgestellten »alten Freundin«. Jedenfalls sie da oben allein lassen mit verödenden Erwartungen, unter denen sich mit der Zeit vielleicht doch ein paar Fragen rühren würden: Wer ist das eigentlich, dieser Mann, mein Mann? Was fühlt er? Wie ist ihm zumute?
Aber selbst, wenn ihm das gelänge; wenn er ausbliebe, einfach nicht mitspielte – selbst dann wäre zu befürchten, daß flugs ein anderes Muster an die Stelle des verbrauchten träte: das der alles duldenden, alles verzeihenden, liebend

ihre Stunde erwartenden Mutter, in dem er nichts anderes sein könnte, als der ungezogene, dennoch mit allen Fehlern geliebte »große Junge«, der bei seinen kindischen Eskapaden eines Tages auf die Nase fallen und reuig zurückkommen wird, um seinen Hunger zu stillen, sein Frieren zu wärmen, seine Wunden verbinden zu lassen: Ich warte auf dich!
So stark ist das.
Er spart sich den Umweg, kommt zur rechten Zeit und macht kein Licht. In der vom Schneelicht verdünnten Finsternis des Eheschlafzimmers ist er nichts als ein schwärzerer Fleck, eine ungenau bewegte Masse, über die sie in Liebe frei verfügt, und später wird sie ihren Kindern sagen: Nie habe ich einen Mann, einen Menschen auf der Welt so geliebt, wie diesen Mann, meinen Mann, euren Vater!
Dagegen kann keiner. Das ist einfach zu stark.
Was immer er tut: Heizung abdrehen, Balkontür öffnen, Vorhänge zuziehen, Uhr und Ring auf dem Nachttisch ablegen – sogar Pinkeln durch das Balkongitter, wenn er so unfein wäre – könnte nichts weiter ausrichten, als dem vorgefertigten Glück zum Besten dienen, das auf Hochzeitsbildern durch Generationen verwahrt und nie mehr zu widerlegen sein wird, bestimmt nicht dadurch, daß Gemeinsamkeit sich nicht ereignet in dieser Nacht unter dem Überdruck des unpersönlichen, allgemeinen, ewigen Anspruchs.
Aber das ist nicht wichtig. Sie beschließt, daß es nicht wichtig sei, nicht die Sache selbst, so rasch, so kurz – eine kleine Irritation – dadurch läßt sie sich nicht drausbringen. Nichts und niemand auf der Welt, weder Frivolität noch Emanzipation, am wenigsten er soll ihr das wegnehmen: den großen ewigen Augenblick des Vollzuges, der sie ein-

reiht in die Reihe der Mütter bis Eva zurück. Sie jetzt bei den Schultern zu packen, zu schütteln, sie links und rechts zu ohrfeigen, würde nichts helfen. Zu spät! So stark ist das.

Bei Tageslicht

Noch im Schlaf versuchte sie immer wieder, ein Stück der Decke an sich zu ziehen, aber er hatte sie ganz für sich genommen, lag in sie eingewickelt, leicht schnarchend, abgewandt. Sie fror, zog die Beine an sich und erwachte, als etwas ihr Gesicht streifte, nicht seine Lippen oder seine Hände sondern die Gardine im Morgenwind. Graues Licht vom Fenster her begann in sie hineinzufließen und die träumerische Wärme abzukühlen. Das war unangenehm, etwa wie das langsame Einfließen kalten Wassers in ein warmes Bad. Sofort kniff sie die Augen wieder zu und versuchte, in den Leib des gemeinsamen Schlafes zurückzukriechen. Behutsam zerrte sie die Decke unter seiner Seite hervor und schmiegte sich eng an seinen gekrümmten Rücken, machte sich ganz breit, flach und porös, um soviel wie möglich von seiner Haut zu berühren, Wärme und Schlaf mit den Poren zu trinken und das Wehen des Schlafatems in sich hineinzunehmen.

Aber es ging schon nicht mehr. Zuviel Haut dazwischen, zuviel Schlaf auf seiner, zuviel Wachheit auf ihrer Seite. In die Zärtlichkeit bei der Berührung ihrer kühl gewordenen mit seiner warmen Haut mischte sich eine Spur Degout, eine ganz leise Regung von Aversion. Dabei wartete sie schmerzlich darauf, daß er sich umwende und unter schläfrigem Gemurmel Brust und Schoß mit seinen Händen umschließe und sie so wieder annähme und dem grauen Licht entzöge, aber schon trieb die gewendete Strömung sie von ihm weg. Kühl blinzelte sie über seine Schulter, den schwärzlichen Flaum, der sich im Wind ihrer Atemzüge bewegte, und nahm stückweise mit wachsendem Widerwillen die Details der ausrinnenden Nacht zur Kenntnis: Die beiden Gläser mit Rotweinrest, Aschenstange der vergessenen Zigarette, deren Erinnerung als fade parfümierte Süßigkeit im Dunstgemisch der Gerüche hing, verstreute Kleider und Wäschestücke, von Hand und Fuß in die Nacht geschleudert und nun kläglich und deformiert wieder auftauchend, wie Trümmer und Tang aus der zurückweichenden Flut. Verstreut auch sie: Hand vom Bettrand herabhängend, Brust achtlos vor den Spiegel geworfen und im Glas wiederholt, Haar auf der Schwelle verschüttet, Augen wie abgestreifter Schmuck aus Bodenritzen leuchtend. Wahrhaftig, man sollte Ordnung herstellen, ehe der Tag die Decke wegzieht. Sie rückte heftig von ihm ab, die winzige Flamme träger Zärtlichkeit in ihrem Schoß erlosch unter einem kalten Guß, denn nun saß sie aufrecht, umfaßte alles mit einem Blick, auch ihn nur als ein Stück Trümmer im allgemeinen Verfall, und nahm sich entschlossen heraus, mit steilem Rükken und wachsam erhobenem Kopf, die Haare mit dem wiedergefundenen Band so fest zurückbindend, daß es wehtat.

Erst dann riskierte sie einen Blick in den Spiegel, sammelte die verschwimmende Masse ihres Gesichtes zu Nase, Mund, Stirn, scharf gezogenen Backen- und Kinnkonturen, indem sie jedes Teil von innen tastend wiederherstellte, dämmte die Überschwemmung der Augen in die zusammengezogenen Lidränder zurück, und ganz allmählich erhob sich aus der Bemühung der Anfang eines Lächelns, triumphierend und verschlagen, so wie: gedeckt vom dummen Schlaf des Siegers sammelt der zertretene Feind seine Kräfte und bereitet sich auf den neuen Angriff vor. Vorsichtig, mit einem schrägen, listigen Blick auf den Schlafenden schob sie die Füße über den Bettrand, reckte versuchsweise die Arme und hob sich mit einer raschen Wendung aus dem Spiegel. Im Vorübergehen sammelte sie Wäsche und Kleider, nur ihre, und knäulte sie achtlos in der Hand zusammen. Ohne sich noch einmal zurückzuwenden, schloß sie sacht, aber mit energischer Endgültigkeit ohne jedes Zögern die Tür und begab sich ins Badezimmer.

Fliesen unter den Füßen, ringsum Porzellan, Glas, Emaille, Nickel, spröd, glatt, blinkend, kühl, nicht das winzigste Refugium für sentimentale Rückstände und hinter den Sperren der Kräne genug Wasser gestaut, um alle Nächte der Welt abzuwaschen.

Sie bewegte sich jetzt etwas steif und gemessen, auf den präzis vorgezeichneten Bahnen einer offenbar vertrauten aber nicht ganz bequemen Zeremonie, legte das Badetuch über die Heizung, daneben die Strohsandalen, regulierte das aus der Brause strömende Wasser, bis es eiskalt war und ihre Haut sich beim Anhauch des kühlen Atems schon im voraus kräuselte wie die Geschmacksnerven beim Auspressen einer Zitrone und stieg dann in die Wanne, jeder Quadratzentimeter Haut zog sich vor Schreck zusammen, Schauderkaskaden vom Scheitel bis zur Sohle, der Atem stockend und keuchend, und plötzlich stieg aus dem Entsetzen aller Nerven Lust und Frische, verschmolz mit der Freude, daß alles so ablief, schäumend wegfloß, in den Ausguß hinein gurgelte – auf Nimmerwiedersehen. Als könnte sie gar nicht genug kriegen, warf sie immer von neuem Wasser in ihr Gesicht, bog und wand sich unter dem scharfen Strahl. Frisches neues helles Blut sprudelte dicht unter der Haut, springlebendig, als wollte es aus den Fingerspitzen herausschießen. Sie drehte das Wasser ab, schüttelte sich, und als sie sich mit allmählich beruhigtem Atem abtrocknete, warmes Tuch rauh auf der Haut, fing

sie an, vor Vergnügen wortlos vor sich hinzusingen, leise natürlich, denn er durfte keinesfalls erwachen, bis nicht alles, sie selbst und ihr Reich, innen und außen lückenlos in Ordnung war, ohne Fehler, ohne Sprung, ohne den geringsten Angriffspunkt. Mit pedantischer Sorgfalt zog sie vor dem Spiegel die ganz neue, ganz weiße Wäsche an, nahm zurück, was sie verschleudert hatte, Stück für Stück, und ließ nichts aus, rekonstruierte ihre Person, setzte die zerbröckelte Statue wieder zusammen, restaurierte das befleckte Bild mit frischen Farben, makellos. Die spröde Steifheit des Weißblauen, die Strenge, mit der sich die stoffüberzogenen Knöpfe über ihrer Brust schlossen, die Straffheit des Gürtels und der exakte Verlauf der Strumpfnaht von der Ferse über die Wade bis in das Geraschel des Pettycoats bereiteten ihr eine trotzige Befriedigung.
Nur keine Willkür! Nicht ein Härchen in der Fülle der Frisur blieb sich selbst, blieb dem Zufall, der Bewegung, dem Wind überlassen. Nadeln und Klammern zwischen die Lippen klemmend befestigte sie geschickt Löckchen und Strähnen. Am liebsten hätte sie wohl das Ganze mit Lack überzogen oder wie Nofretete über den glattrasierten Kopf ein dauerhaftes Gebäude mit unzerstörbaren Ornamenten errichtet.
Besonders behutsam behandelte sie das verräterische, Oval des Gesichtes mit mattem Puder und zartfarbigen Tuschen, betonte Symmetrisches, stilisierte Zufälligkeiten und bannte das wechselnde Spiel der Emotionen in ein überlegtes und kontrolliertes System. Eine Sekunde stiller Prüfung vor dem Spiegel, dann drehte sie sich mit gemessener Bewegung einmal um sich selbst und schoß sich ab wie einen gespitzten Pfeil, um die Spuren der Ausschweifung zu beseitigen und der neuen Person eine neue Bühne zu bauen, leise und unauffällig, denn das Publikum saß

immer noch im Dunkeln, wußte nichts, ahnte nichts, hatte keine Möglichkeit, sich auf veränderte Situationen vorzubereiten. Oh, sie würde es erbarmungslos mit ungedämpftem Tageslicht mit Kühle, Transparenz und Übersichtlichkeit konfrontieren, um sich dann aus der Entrücktheit des Spitzentanzes kühl zu amüsieren. Unerträglich hoffärtig das vom Wind geblähte Weiß der Gardinen, die Blumen mit den abgeschnittenen Stielen von pharisäerhafter Unschuld und Frische, weißblausilberner penetrant funkelnder Frühstückstisch, statt des sanften Alkoholnebels der bittere Morgengeruch von Kaffee und scharf getoastetem Brot, alle Reste im Mülleimer, alle Aschenbecher geleert, alle Gläser klar und durchsichtig im Schrank, kein Staub, keine Fingerabdrücke, ein Morgen – sie lehnte sich aufatmend aus dem Fenster, um das Staubtuch auszuschütteln – wie er in milder Fayencenbläue spottend über den Exzessen eines nächtlichen Gewitters aufsteigt. Als sie sich dann umwandte und mit aufmerksamem Blick ihr Werk betrachtete, erst Stück für Stück, dann als Ganzes, als Eindruck, als Atmosphäre, als mitspielenden Raum, fand sie es gut, fertig, gelungen und ließ sich mit einem beherrschten Seufzer auf den Sessel gegenüber der Schlafzimmertür nieder, die weißen glänzenden Schuhe in gespannter Bereitschaft nebeneinandergestellt, den Rock um die aufgerichteten Hüften gebauscht. Und wartete. Zuerst rasch atmend, solange die Stromstöße der Aktivität noch weiterwirkten, dann eine Weile still, mit geschlossenen Augen, wie bewußtlos, aber immer mit gespitzten Ohren, dann mit winzigen Zeichen der Ungeduld, die die gespannte Oberfläche ihrer Kontenance mit zarten Stößen anstupsten, wie Fische, die den Wasserspiegel mit dem runden Maul berühren, einen winzigen Kreis auslösen und zurückgleiten.

Der Moment des Auftritts war da, und er kam nicht. Er schlief. Die Pointe des Arrangements blieb aus. Woher nahm er die Nonchalance, unbekümmert in den hellen Tag hineinzuschlafen, ihre Abwesenheit zu ignorieren, sich preiszugeben, als ob nichts aber auch gar nichts mehr zu befürchten sei? Wie ein Nadelstich durchdrang sie der Verdacht, daß gemessen an dem animalischen Gleichmut seines Schlafes ihre Zeremonien und Bemühungen lächerlich und peinlich wirken könnten. Zuviel Aufwand! Schon war sie vom Kurs abgetrieben in eine flaue, uferlose Sehnsucht, neben ihm in der Dämmerung zu liegen, gemeinsam mit ihm aus dem verebbenden Gewässer aufzutauchen, in benommener Lässigkeit spielend den barbarischen Ernst der Nacht zu wiederholen, sich in einen unwirklichen Tag hinter geschlossenen Vorhängen hinüberzuspielen und den Tag zu verspielen und spielend in die Nacht zurückzusinken, ohne Bruch, ohne Schnitt, ohne Willen und Entschluß, ohne Furcht und ohne Hoffnung, treibend, steigend und fallend in den unberechenbaren Strömungen der Leidenschaft.
Erschrocken wandte sie den Kopf zum Spiegel, als wollte sie die aufwallende Verführung ertappen, und wahrhaftig nahm sie eine Verdunkelung der Augen wahr, ein Geistern konturloser Schatten, die die klargezeichneten Linien überflossen und das spröde Material von innen aufzuweichen schienen. Vorsicht! Sie riß sich zusammen, aber ganz so wie vorher war's schon nicht mehr. Frische und Unschuld leicht beschädigt, nur weil da einer schlief, dumm, gedankenlos, primitiv und doch auch wieder unschuldig, als könnte man die Unschuld so einfach im Schlaf gewinnen, ohne einen Finger zu rühren. Sie hatte Lust, ihn an den Haaren aus diesem Schlaf herauszuzerren, stampfte vor Ärger mit dem Fuß auf und biß sich die Lippen, daß

sie rot und feucht anliefen und stieß mehrmals hintereinander in ohnmächtiger Wut ein kurzes seufzendes Oh aus, in dem alle Beschimpfungen der Welt enthalten waren. Das tut gut. Dann mußte sie lachen, und der Bogen entspannte sich, als ob der Pfeil schon abgeschossen sei, ins Leere. Sie zuckte die Achseln und wandte sich brüsk ab, öffnete die Schlafzimmertür, schloß sie hinter sich und sah sich die Bescherung an. Zunächst nichts als Dunkelheit und dicke Luft, dann verschwommen auftauchend das verwüstete Schiff des Bettes, das immer noch steuerlos dahintrieb. Er lag jetzt auf dem Rücken, hatte die Decke von der Brust gestoßen, die Arme auseinandergeschlagen, atmete flach und rasch, und seine Lider zuckten beim Geräusch der Tür. Sie nahm sich vor, an ihm vorbei zum Fenster zu gehen und es zu öffnen, nichts weiter, aber dann ließ sie sich doch ziehen, Neugierde, »mal sehen, wie weit man's treiben kann« oder was es auch war, und trat mit eckigen Bewegungen Fuß vor Fuß näher, als sei an jedem ihrer Glieder ein Drähtchen befestigt, setzte sich mit dem Gefühl, etwas Unerlaubtes und Aufregendes zu tun, vorsichtig und leicht, fast ohne die Matratze niederzudrücken auf die Bettkante und sah fasziniert zu, wie er sich ihr mit geschlossenen Augen zuwandte, wie seine Hand sich blind nach ihr ausstreckte, ihren viel zu zögernd zurückweichenden Arm berührte und sich herrisch um ihr Handgelenk schloß. Verspätet zuckte sie zurück, ließ sich aber doch, gelähmt und überwältigt, ein ganzes Stück ziehen, tiefer hinab und tiefer, bis ihre Lippen fast seine Schulter berührten, dann aber, nur um Millimeter getrennt von Kuß oder Biß, riß sie sich los, es tat weh, ein glatter Schnitt, scharf, rasch – eine Müdigkeit, dann war's vorbei. Sie riß die Vorhänge zurück, die Fenster auf. Die Sonne stürzte herein, durchflutete ihr Kleid, die in der Erregung aufstehenden Haare. Sie sagte nichts weiter als »So« und blickte steil, von oben herab auf ihn oder über ihn hinweg. Es war ein großer Augenblick trotz Verspätung. Blinzelnd kämpfte er mit dem Licht, rutschte aus der primitiven Würde des Schlafes in die Lächerlichkeit widerwilligen Erwachens. Aus seiner vernebelten Perspektive nahm er sie nur allmählich wahr, Stück für Stück, mit steigendem Unbehagen, je mehr ihm an ihrer hellen, scharfumrissenen Erscheinung zum Bewußtsein kam: daß er keinen Pyjama anhatte, daß der Bart gewachsen war, daß er die Zähne nicht geputzt hatte, daß er ungewaschen war, daß die Haare, die er schon längst hätte schneiden lassen sollen, zerwühlt in die Stirn hingen. Sehr unerfreulich alles in allem, wahrscheinlich übelriechend, o verdammt. Er gab sich einen zornigen Ruck, als wollte er sich herumwerfen und unter Protest weiterschlafen: Zum Teufel mit dem Tageslicht, zum Teufel mit Weibern, die zur Unzeit wekken, zum Teufel mit Kopfweh und belegter Kehle. Sie sah jede Regung, als ob sie auf seine Stirne projiziert sei, fand ihn schrecklich komisch, fühlte geradezu, wie das Lachen glucksend hochstieg, aber nein, es kam nicht heraus, es löste sich ungelacht in ihrer Kehle auf, löste sich in der Überschwemmung eines Gefühls, das ihr in der Masse von Gefühlen, die sie bereits praktiziert hatte, völlig unbekannt war, gegen das sie nicht gewappnet war, auf das sie nicht vorbereitet war, darauf nämlich, daß er sich einfach aufgab, die Augen schloß, die Hände löste, den Kopf in die Kissen schmiegte mit einer sanften Bewegung, die sie gar nicht kannte, die längst vor ihrer Zeit lag, die aus einer fernen Erinnerung an Kinderschlaf und Kinderangst durch viele Verschüttungen aufstieg und sie mitten ins Herz traf. »Du bist weit weg«, sagte er, denn sie stand immer noch am Fenster und sah auf ihn herunter: Stoppeln,

Ungewaschenheit, Verwüstung, das sah sie ganz genau, alle Häßlichkeiten erwachender Liebhaber nackt im Morgenlicht, und liebte ihn so sehr, so unerträglich maß- und grenzenlos, fand nichts, wie sie es hätte ausdrücken können, denn alles war ja schon gesagt, alles war schon getan, nichts mehr übrig, kein Superlativ im Vokabular der Liebe noch ungebraucht, keine Geste für dieses aufgespart. Also blieb sie stumm und nahm ihn nicht in die Arme und seinen Kopf nicht in den Schoß, wie sie es so gern getan hätte, aber wie sie es schon so oft getan hatte und nun nicht mehr tun konnte, ging ratlos an ihm vorbei, fast bis zur Türe, aber dann mußte sie umkehren, bückte sich, streichelte seinen Fuß und wußte genau, daß auch diese Geste übertrieben und fragwürdig war, aber das hatte sie wenigstens noch nie getan, und nun war's schon geschehen. »Ich lasse das Badewasser laufen«, sagte sie und lief schnell heraus.

Im Badezimmer, kniete sich auf die Strohmatte nieder, lehnte ihre Stirn erschöpft an den kühlen Rand der Wanne und horchte über dem Getöse des fallenden Strahls auf Morgengeräusche.

Suche nach Jessika

Sie hörte Jessika schnurren, sie meinte ihr rotes Fell neben dem Kopfkissen atmen zu sehen, aber als sie die Hand ausstreckte, war es nichts als ein Wulst in der Steppdecke. Die Katze war fort, hatte sie in der leeren Wohnung allein gelassen. Alle Türen der leeren Wohnung standen offen und hinter den Vorhängen wurde es Nacht.

Sie schob den Arm über den Nachttisch, knipste die kleine Lampe an, dehnte sich hinüber in das andere kalte Bett, schaltete die andere Nachttischlampe ein, schob seufzend die Füße in die Strohpantoffel, die unter ihrem Bett standen, knipste das Licht über dem dreiteiligen Spiegel und die Deckenbeleuchtung an, sah sich im Spiegel, schön und weißhäutig und alles für nichts und wieder nichts, alles umsonst, alles für die Katz, und doch mußte sie lächeln, trotz ihres Kummers um Jessika, vor lauter Wohlgefallen an ihrer Schönheit, wendete sich nach rechts, wendete sich nach links, kehrte dem Spiegel ihren weißen, geschwungenen Rücken zu, legte das Kinn auf die Schulter und blickte zurück mit einem Lächeln, das für niemand bestimmt war und unaufgefangen in die Tiefe des Spiegels sank. Hatte es nicht schon geschellt? Er kam immer so pünktlich aus dem Büro, für sie kam er immer zu früh, sein Schritt auf der Treppe genügte und schon verbreitete sich Langeweile in der Wohnung wie ein Gas, aber er merkte nichts davon. Er nannte das Gemütlichkeit. Und nun hatte Jessika sie allein gelassen.

Sie umklammerte mit der Hand den Rand des Spiegels und dachte: Wenn er es wieder sagt, dann gehe ich einfach fort von hier wie Jessika! Aber als sie in den Strohpantoffeln

zur Wohnungstür schlich, um zu öffnen, wünschte sie doch, er würde es diesmal nicht sagen. Er sagte es natürlich doch und küßte sie, ganz improvisiert, ganz der zärtliche Liebhaber, aufs linke Ohr (aber immer küßte er sie aufs linke Ohr, das Ohrläppchen kam ihr schon ganz abgewetzt vor, ganz kalt und gefühllos. Der Liebhaberkuß gehörte ebenso zu seiner Methode wie das allabendliche »Süß siehst du aus, Kleines« ohne sie dabei anzusehen, zu einer Methode des ehelichen Glücks, die er abends am Stammtisch auseinandersetzte, sie war nie dabeigewesen, aber sie hörte deutlich seine verständige, Vertrauen erweckende Stimme sagen: »Ein kleines Kompliment jeden Abend, eine kleine Zärtlichkeit, davon leben sie doch. Sie sind ja so bescheiden!«).
»Süß siehst du aus, Kleines«, sagte er, setzte seine Aktenmappe nieder und hängte den Mantel auf, »nimm dir ruhig Zeit mit dem Abendessen.« Er war rücksichtsvoll. Er wußte natürlich, daß sie nichts vorbereitet hatte, daß sie erst hinunterlaufen mußte, um einzukaufen. Auch heute würde sie hinunterlaufen, aber nicht um einzukaufen. Sie sah ihn ins Wohnzimmer gehen, den Rücken beladen mit Langeweile, Licht anmachen, die Zeitung nehmen, in einen Sessel sinken, die Füße auf das türkische Lederkissen legen, die Brille abwischen, aufsetzen, eine Zigarette anzünden und immer dasselbe und immer dasselbe und immer dasselbe, während sie schon wieder vor dem Spiegel im Schlafzimmer saß, sich in die Handknöchel biß und dramatische Augen machte, wie eine Filmschauspielerin, die vor einem verzweifelten Entschluß steht, ohne dabei zu vergessen, schön, rührend und dramatisch auszusehen und das Gesicht im vorteilhaftesten Aspekt der Kamera darzubieten. »Es muß sein!« hauchte sie in jenem heiseren Bühnengeflüster, das ihr im Kino immer die Tränen der

Aufregung in die Augen trieb, »ich muß endlich mein eigenes Leben leben«, aber von diesem eigenen Leben hatte sie nur eine nebelhafte Vorstellung, es war jedenfalls anders, nicht anders als, sondern einfach anders, es fing damit an, daß sie »auf die Straße« ging, wie Männer in die Fremdenlegion. Und dieses »anders« hatte schon begonnen, als sie begann sich anzuziehen. Sie hatte ja den Zug zum Ordinären, das hatte er immer gesagt. Als sie heiratete, paßten ihre Sachen in einen Handkoffer. Er hob sie mit spitzen Fingern heraus, betrachtete sie gegen das Licht und schenkte sie der Putzfrau, die sie mit verächtlichem Augenaufschlag in Empfang nahm. Dann kleidete er sie von Kopf bis Fuß in das Kostüm »Immerangezogen« mit der »adretten« Hemdbluse, mit zwei Röcken zu wechseln, »Röcke schleißen schneller als Jacken«, natürlich zu weit in der Taille und um die Hüften, sie war so außergewöhnlich schmal, aber man weiß ja nicht ob nicht eines Tages . . . die neuen Schuhe hießen »hohe Absätze verderben den Fuß« und das schwarzgefärbte Brautkleid »eine Dame fällt nicht auf«. O Rattengarderobe! Kleiderschrank aus poliertem Nußbaum, sie hatte eine kindische Angst ihn zu öffnen, denn Langeweile saß aufgeblasen zwischen den Kleiderfalten und atmete Naphthalin, aber es war ja auch nicht nötig, denn es gab die Kiste, die unter dreckiger Wäsche die Dinge verwahrte, die ihr gefielen, die ordinären, die billigen, die auffälligen, Gatsbyhose, heimlich vor dem Urlaub gekauft (und dann fuhren sie doch wieder ins Gebirge mit Haferlschuhen und »Dirndl ist immer fesch«), das tiefausgeschnittene India-T-Shirt, das endlich ihre Schultern freigab, die runden, glatten, weißen, die den matten Glanz von Perlen ausstrahlten, dachte sie, als sie am Spiegel vorüberging. Die Kette um ihren Hals hatte nur 6,50 gekostet und es war nichts Echtes daran. Sie hatte

ja im Gegensatz zu ihm keinen Sinn für Echtheit, jedes Gefühl für Qualität ging ihr ab, ob Gold oder Messing, ob Zucht- oder Wachsperle, das machte für sie nicht den geringsten Unterschied. Ohrringe glitzerten und schlugen kühl gegen ihren Hals, leises Klingen dicht unter ihrem Ohr, dem kühl-geküßten, das plötzlich wieder warm und lebendig wurde. Das »provokative« Parfüm stieg ihr zu Kopf wie Alkohol, sie brauchte nicht zu trinken, um betrunken zu sein, sie nicht ... die rote Wolke ihres Haares verschwand in dem türkisfarbenen Schleier, bis auf die Locken, die sich über der Stirn kräuselten. Es war schwer, zu diesen Haaren einen Lippenstift zu finden. Sie hatte wochenlang darüber nachgedacht. Es mußte Koralle sein. Er mochte keine Lippenstifte. »Ich will eine Frau, kein Gemälde«, aber welche Frau hätte sich nicht unter dem Einfluß seiner verständigen, geplanten, methodischen Langeweile in ein Gemälde verwandelt, das an der Wand hing und »süß siehst du aus, Kleines« mit stereotypem Lächeln quittierte.
Von ihr würde nichts zurückbleiben in diesem Zimmer mit den Ehebetten, Schaumstoff auf Holzrost, dem lindgrünen Teppichboden und passenden Vorhängen in Wellblechform. Sie brauchte nur aus der Tür zu gehen, dann erlosch ihr Bild im Spiegel, ihr bißchen Körperwärme im Bett. Immer waren die Laken in diesen Betten klamm gewesen, sie fand sie zu weiß, zu sauber, man mußte eine halbe Stunde lang zusammengerollt liegen, auch den Kopf unter der Decke, Wärme ausstrahlen und ausatmen, am besten mit Jessika, aber Jessika war fort und hatte kein rotes Haar auf den Kissen zurückgelassen. Heute nacht würde sie vielleicht Jessika finden, sie rufen, sie aufheben, sie um den Hals legen wie einen Pelz, wärmer, lebendiger, zärtlicher als jener nach Mottenpulver duftende, den sie

um die Schultern legte, ehe sie die vielen Lichter auslöschte. Sie trug die hochhackigen Sandaletten in der Hand und ging auf Strümpfen. Es konnte ja möglich sein, daß er beim Geräusch eines Schrittes von der Zeitung aufsah und durch die geöffnete Tür in den Flur blickte, in dem noch Licht brannte. Sie hütete sich, nach ihm umzuschauen, ließ die Wohnungstür angelehnt, huschte die Treppe hinunter, kühle Stufen unter ihren Füßen, und hockte auf dem untersten Absatz, um die Sandaletten anzuziehen.

Klak . . . klak. . . klak . . . es kam ihr vor, als sei es ihr Herz, das eben anfing zu schlagen, rasch, stolpernd, ungeduldig, im Hausflur verstärkt durch die Akustik des leeren Treppenhauses, dezenter im Freien, auf dem Trottoir, über die gepflasterte Straße, um die Ecke, immer noch allein in der Stille des »Ruhigen Wohnviertels«, hallend zurückgeworfen von Hauswänden, vorüber an einzelnen Laternen, dann begleitet von anderen Schritten, von helleren Lichtern und noch mehr Schritte und noch mehr Lichter, und es ging ihr immer noch nicht schnell genug, oder war es nur der U-Bahn-Schacht, der sie einsaugte wie der Staubsauger ein Federchen einsaugt, sie die Treppe herunterwirbelte bis vor den Automaten.

Da stand sie und hatte kein Geld. Die Handtasche lag im Wohnzimmer. Sie hatte sich nie an Handtaschen gewöhnen können. Im Pelz war kein Geld, war nie Geld gewesen, weil die Taschen Löcher hatten. Hinter ihr drängten sich Leute, die es eilig hatten. Ein junger, untersetzter Mann mit dunklen Haaren und dunklen Augen musterte sie dreist und steckte über ihre Schulter hinweg zweimal Münzen für zwei Fahrkarten in den Automaten, die er beide an sich nahm.

Sie blieb hinter ihm, sie mußte ja, er hatte die Karten ge-

kauft und damit ein gewisses Recht auf sie. In der Bahn gab es keine Sitzplätze mehr. Sie standen und hielten sich an einer Stange fest. Licht und ein höllisches Dröhnen raste neben ihnen die Wände des Tunnels entlang. Sie hielt ihn für sehr jung, für jünger als sich selbst und doch war sie erst fünfundzwanzig und hatte sich noch nie ganz erwachsen gefühlt, oder jedenfalls immer jünger als irgendetwas oder irgendwer, einige Jahrhunderte jünger als ihr Mann. Nun sah sie an ihrer geformten, spitzfingrigen Hand, die dicht neben seiner rohen Knabenhand lag, daß sie fertig und vollkommen war, ein Kunstgegenstand, an dem nichts mehr zu ändern ist, und triumphierte. Er sah sie nur aus dem Winkel seiner Augen, aber sie wußte doch genau was er sah. Fremd. Schön. Dame. Geliebte in spe. Flink glitt sie unter die Haut seiner Vorstellung und dehnte sich, bis sie vollkommen paßte – mühelos.
Der Zug bremste, hielt an, sie stiegen aus. Schon hatte er seine Dreistigkeit verloren. Nichts mehr von der Unverfrorenheit, mit der er sie am Automaten gemustert hatte. Er zögerte auf dem Perron, wußte nicht, ob es erlaubt war, neben ihr zu gehen, oder ob er zurückbleiben sollte. Sie konnte ja wenigstens Dankeschön sagen, aber sie war seiner so sicher, daß sie wortlos weiterging, nicht ganz so sicher allerdings, daß sie sich nicht noch einmal flüchtig umsah, als hätte sie etwas verloren, aber er blieb dicht hinter ihr, die Blicke auf ihre klappernden Absätze gerichtet, er befand sich bereits in einer Einbahnstraße, vielleicht in einer Sackgasse und konnte nicht umkehren.
Am Ausgang blieb sie stehen, wartete bis er neben ihr war und überließ es ihm »und was nun?« zu sagen. »Ich weiß nicht«, sagte sie, »ich bin fremd hier«, und das war nicht einmal gelogen, obwohl es ihr darauf nicht angekommen wäre, denn so hatte sie die Nachtstraße noch nie erlebt,

diesen Strom von Menschen und sie mitten darunter, von Blicken gestreift, bewundert, fortgerissen von der Strömung des Vergnügens mit ihren Neben-, Gegen- und Querströmungen, mit Inseln, Strudeln, Katarakten, mit senkrechten Ufern aus lichtdurchlöchertem Beton, von dem die Bonbonfarben der Reklamen niederrieselten, Rücken, Köpfe, Gesichter mit regenbogen-überspülten Stirnen, die himbeerfarben aufglühten, eisblau versteinten, grünlich erblaßten, in Schwärze untertauchten, als seien sie nie gewesen, Stimmen, Fetzen von Musik und Lärm und ihre Stimme auch und ihr Schweigen, eingeschmolzen in eine sinn- und formlose Symphonie, die sich ihres Herzschlages bemächtigte, das Blut beschleunigte, sie aufhob, sie weitertrug.
Er hatte immer behauptet, sie sei nicht gut zu Fuß, aber wieso denn, das bezog sich ja nur auf Gebirge, Wald und Feld, kurz auf die Natur und »wacker marschieren« wie er das nannte, hier wußte sie gar nichts von ihren Füßen, die irgendwo auf dem dunklen Grunde dieses Gewässers ihren Weg suchten. Was hatte sie damit zu tun? Sie schwebte, sie hielt sich am Arm ihres Begleiters fest, um sich Gewicht zu geben und auch wegen der Wärme, die durch die Wolle seines Pullovers in ihren Arm eindrang. »Was sind Sie für eine?« fragte er, »sie treiben sich ohne Geld auf der Straße rum, Sie lassen sich von fremden Männern ansprechen?« Er wollte grob sein, sie beleidigen, aber das nahm sie ihm nicht ab. Sie hörte gar nicht zu, was er sagte, hörte nur den kindischen Trotz in seiner Stimme und spürte mit Entzücken, daß er Angst vor ihr hatte. »Jedenfalls sind Sie über meine Verhältnisse«, sagte er frech und hielt dabei ihren Arm krampfhaft fest, als fürchtete er, sie würde ihm entgleiten, und sich wie Rauch verflüchtigen. Sie lächelte nur – natürlich über deine Verhältnisse,

Kindskopf – dachte sie. »Irgendjemandem gehören Sie doch?« fragte er. Sie versuchte, sich die Wohnung vorzustellen und ihn, der im Sessel saß, die Zeitung las, geduldig auf das Abendessen wartete und plötzlich erinnerte sie sich an Jessika. »Jessika«, murmelte sie, »ich muß Jessika suchen.« »Jessika, Jessika«, sagte er ärgerlich, »ist das eine Antwort? Haben Sie getrunken?« Sie dachte nicht daran, den Mund aufzutun, streifte ihn nur mit einem schrägen, hochmütigen, amüsierten Blick und ganz unvermittelt gab er seinen Widerstand auf. »Entschuldigen Sie«, sagte er. Sie fühlte seine Verliebtheit wie ein warmes Brausebad. Am liebsten hätte sie geschnurrt wie Jessika, und doch war sie enttäuscht und böse, daß er sich schon ergab, daß nichts mehr für sie zu tun blieb. Aber er war ja nicht der Einzige. Sie zog die Hand aus seinem Arm, im Wechsel der Lichter und Farben blieb ihr Profil weiß, hart, undurchdringlich wie Porzellan.

Sie stiegen eine Treppe herunter, immer stieg sie Treppen herunter, wo sollte das noch enden, unten war es heiß und rot und rauchig, die Lampen waren mit rotem Zeug umwickelt, die Musiker schwitzten als säßen sie in der Sauna, ihre bunten Hemden klebten am Rücken, sie saßen erhöht, primitive Idole mit verzerrten Masken aus schwarzer Haut, rollende weiße Augäpfel und einer blies die Backen auf, sie standen gebläht zu beiden Seiten des Kopfes wie Stimmblasen von Fröschen, nur schwarz, glänzend, wie geölt. Drei Köpfe tiefer kreiste die zähe Masse der Tanzenden, Schulter an Schulter, Hüfte an Hüfte, in der Mitte aufgerissen von einem Rock'n Roll-Paar, Jungen und Mädchen mit den Gesichtern von Schlafenden, mit Körpern, deren Zuckungen exakt, mechanisch und ohne Leidenschaft waren. Am Rand der Tanzfläche standen Stühle kreuz und quer wie nach einer Schlägerei. Einzelne Gäste waren auf ihrem Platz zurückgeblieben wie Schiffbrüchige auf Inseln, hinter Flaschen, das Gesicht in die Hände gestützt.

Eben war die Musik zu Ende, aus der Masse lösten sich verklammerte Paare, strebten auseinander, ein wenig unsicher auf den Beinen, weil sie plötzlich wieder allein waren, mit zwei Beinen und zwei Armen und einem einzigen Kopf.

Sie stand mit ihrem Begleiter am Eingang und sah zu und sah trotz Rauch und Dämmerung jedes einzelne Gesicht und stellte fest, daß keine so schön war wie sie. Über den Lärm der gerückten Stühle und Tische hinweg riefen Stimmen nach ihrem Begleiter, John, Jean, Jochen, es war ja ganz gleichgültig wie er hieß, aber nun fing er an sich aufzuspielen, der Kindskopf, weil er sie hatte und er hatte sie doch gar nicht, niemand hatte sie, niemand würde sie haben, ergriff sie am Handgelenk und zog sie hinter sich her. Sie stolperte, ihr Pelz wischte ein Glas vom Tisch. »Das ist Jessika«, schrie er. »Das stimmt doch nicht«, sagte sie, »Jessika ist eine Katze, die weggelaufen ist«, er wiederholte, mit dem Finger auf sie weisend: »Jessika, eine Katze, die weggelaufen ist.« Alle schrien vor Lachen, nur sie blieb ernst, sie fand das nicht komisch, sie fand sich selbst nie komisch. Ihre Schultern bewegten sich nervös unter dem Pelz, bis er glitt, fiel und aufgefangen wurde. Nach und nach wurden alle still und sahen sie an. Sie stand gelassen, als merkte sie nichts davon, oder als sei sie dieses knisternde Schweigen gewöhnt. Dann bot ihr einer einen Stuhl an und sie setzte sich mitten in die Stille hinein, mit träumerisch gelangweilter Miene, obwohl sie vor Vergnügen zitterte, bis in die Fußspitzen, bis in die Spitzen ihrer Finger hinein. Der Pianist präludierte samtige Akkorde, strich mit seinen dicken schwarzen Fingern zärtlich über die Tasten, ihretwegen! Und nur ihretwegen fielen Gitarre und Schlagbaß ein, stieg der einsame, klare, glatte Trompetenton hoch wie eine Spitze aus Stahl.

Sie tanzte mit einem oder mit Dutzenden, vielleicht mit allen. Sie konnte sie kaum unterscheiden, hatte keine Zeit sie anzuschauen, denn schließlich war sie es ja, die von allen angeschaut und bewundert wurde, die Komplimente und Bewunderung vermischt mit heißem Atem einstrich ohne mit der Wimper zu zucken und nur selten, ganz selten, empfand sie einen Nadelstich von Unbehagen, eine versteckte Mahnung, daß soviel Bewunderung nicht umsonst verschenkt würde, aber wie konnte sie darüber nachdenken, wenn neben ihr der Drummer seine Stöcke gegen die rauchige Decke schleuderte, und immer noch der hohe Trompetenton dauerte, zitterte, abbrach, stürzte, während rote Lampen rote Kreise drehten, drehten, drehten, in ihrem Kopf weiterdrehten, wenn sie müde und übersatt die Augen schloß.

Jemand hob sie auf und setzte sie wie eine Puppe auf einen der hohen Schemel an der Bar, fremder Atem an ihrem Ohr, Glas an den Lippen und sie selbst hundertmal in hundert Spiegelscherben, die in die Rückwand der Bar eingelassen waren, weiß und starr, nur die Ohrringe zitterten, die roten Haare hatten sich über der Stirn aufgerichtet wie im Schrecken und die Augen waren leer und trocken und trotzdem hatte sie noch nie etwas Schöneres gesehen. Einer legte die Hand auf ihren Arm und als er sie wegnahm, war sie erstaunt, daß nichts zurückblieb, kein Mal, kein Schatten eines Fleckens, seht nur, so rein und kühl war diese Haut, nichts haftete an ihr, nichts hinterließ Spuren auf dieser Haut und trotzdem schauderte sie, als derselbe oder ein anderer seine Lippen auf ihre Schulter heftete, als wollte er sie abstempeln und sie wollte doch nicht abgestempelt und gezeichnet sein, von nichts und von niemandem. Er bemerkte ihren Ekel sofort und als er sich aufrichtete, flimmerten seine Augen vor Bosheit. Erschreckt wandte sie sich ab, aber der Kranz von solchen Augen hatte sich dicht um sie geschlossen, das hatte sie ja gewollt, alle sollten sie sehen, sie bewundern, aber nun auf einmal nahmen sie ihr diese Bewunderung übel, die sie ihr doch freiwillig gegeben hatten und erwarteten eine Art Entschädigung für den Aufwand, eine Chance, ihre Vollkommenheit anzukratzen, zu beschädigen.

Ach sie war satt, ach sie hatte keine Lust mehr, ach sie wollte fort, und ehe die durstigen Verehrer die Hand noch einmal auf sie legen konnten, glitt sie vom Schemel, glitt einfach unter aller Augen weg mit geschmeidigen, unauffälligen Bewegungen, die Masse der Tanzenden schlug über ihrem weißen Rücken zusammen, mehrere Türen schlossen sich hinter ihr, erstickten die Musik, und in der Stille des Kellerschachtes klangen ihre hastigen Absätze wie eine Salve von Gewehrschüssen, Kälte strömte ihr entgegen, sie hatte den Pelz zurückgelassen und fror. Die Lichtstraße war versunken, war bis auf den stillen Grund des Meeres gesunken, alle Lichter erloschen, alle Stimmen erstickt, sie ganz allein im Abgrund eines Schachtes winzig trotz der Stöckel unter ihren Fersen, deren hämmerndes Stakkato ihre Winzigkeit verspottete.

Sie schritt schnell aus, aber sie hatte keine Ahnung wohin sie ging, nach welcher Richtung, mit welchem Ziel. Alle ihre Sinne waren nach hinten gewandt. Sie wußte, daß jemand hinter ihr war, war dessen so sicher, daß sie sich nicht einmal umwandte. Dann vernahm sie wirklich Schritte, fing an zu laufen, bog in enge Gassen ein, schlug Haken wie ein erschrecktes Kaninchen, aber sie wurde rasch müde, so viele Treppen, unzählige Tanzschritte, ein endloser Weg, den sie seither, seit wann? zurückgelegt hatte. Sie ging langsamer und noch langsamer, blieb endlich stehen, lehnte sich an den Pfahl einer Laterne und erwartete ihn.

»Was ist denn?« fragte sie zitternd, »was wollen Sie von mir? Ich hab ihnen doch nichts getan.« Er antwortete nicht, was hätte er auch sagen sollen? Er hatte ja so recht, für die anderen, die geprellt zurückgeblieben waren und besonders für sich selbst, denn er hatte sie aufgegabelt, und er hätte sie vielleicht geliebt, wie lächerlich, wie dumm, wie banal, wie kindisch. Er ging langsam auf sie zu, packte sie an beiden Armen, und davon würde ihre Haut Flecken tragen, vier an der Außenseite jedes Armes und einen dunkleren größeren an der empfindlichen Innenseite, drängte sie an die Hauswand, küßte sie mit Lippen und Zähnen, die kalt waren vor Zorn. Sie verabscheute ihn, weil er ihr wehtat, sie schmeckte ihr eigenes Blut auf der Zunge und fühlte tief unter ihrer fauchenden, kratzenden Wut die verdammte Lust, sich zu ergeben, wie den scharfen Einstich einer Spritze, die Trägheit und eine rasch sich verbreitende Betäubung in ihr Blut goß.

Irgendwann ergab sie sich vielleicht, indem sie die Stirn an seiner Schulter rieb, oder mit der Fingerspitze über den Streifen Haut zwischen Kragen und Haaransatz strich, oder nur einfach den Kopf in den Nacken sinken ließ, winziges Signal der Kapitulation, aber er merkte nichts in seiner kindischen Raserei, oder wenn er es merkte, war es doch zu spät, denn neben ihnen schrie die Katze klagend auf, es gab bestimmt viele Katzen in dieser Straße, aber das konnte doch nur die Eine sein, sie erschraken beide, horchten und dann war der Augenblick schon vorbei, verpaßt, verloren.

Sie glitt aus seinem Griff und folgte dem Tier, das durch

den Rinnstein davonhuschte und sich grünleuchtend nach ihr umsah. »Jessika«, murmelte sie keuchend, »warte, wir gehen ja nach Hause, Jessika, wir gehen schlafen.«

Die Katze glitt einen Häuserblock entlang und glitt um eine Ecke und in eine Mauernische und das war ja die Haustür, wie war es möglich, daß sie die Straße nicht erkannt hatte, das Milchgeschäft, die Bäckerei, den Gemüseladen, wo immer noch die leeren Kisten vom vergangenen Tag vor der Tür standen. Niemand hatte die Tür abgeschlossen. Sie brauchte nur ganz leicht mit der Schulter dagegendrücken, sich durch den Spalt hereingleiten zu lassen in den vertrauten Geruch nach geölten Treppen und Abendessen, und Jessika auch, die um ihre Knöchel strich, Katzen sind ja klüger, sie kennen ihr Haus, sie wissen wohin sie gehören.

Die Haustür fiel ins Schloß, und sie stieg im Dunkeln die Treppe hinauf. Die Stufen knackten, aber sonst war das Haus wie tot, als seien alle seine Bewohner ausgezogen, gestorben, vergessen, kein Radio, kein Kindergeschrei, keine Tür, die zufiel, nicht einmal Atemzüge, nur auf dem zweiten Stock gab es noch Licht, einen gelben Streifen, der geknickt über den Stufen lag, die Tür war nur angelehnt.

Er saß im Wohnzimmer und schlief. Sein Kopf war auf die Sessellehne gesunken, die Zeitung lag vor seinen Füßen. Verzeih, Liebling, ich bin eingeschlafen«, murmelte er halb schlafend und dann fuhr er hoch und rief: »Mein Gott, wie siehst du denn aus?«, und sie warf sich rasch in seinen Schoß, damit er sie nicht ansehen konnte und flüsterte in seine Knie hinein: »Ich habe Jessika auf der Straße gefunden und plötzlich bin ich krank geworden.« »Wahrhaftig, du zitterst«, sagte er erschreckt und wirklich, o Wunder, sie zitterte am ganzen Leib, ihre Zähne klapperten, während ihre Stirn vom Fieber brannte.

Er hob sie auf, durch ihre Wimpern sah sie die Zimmerdecke leicht, gebläht wie ein Segel vorüberfliegen, dann die schräge Türöffnung voll Dunkelheit, die ihr entgegenglitt. Es war wunderbar, getragen zu werden, wunderbar, im richtigen Augenblick krank zu sein, in die Dämmerung einzutauchen, zwischen die kühlen Bettlaken zu gleiten, wie von einer sanften Strömung an den Strand gespült. Das kühle Tuch lag über ihrem Gesicht, und sie hielt sich ganz still in der weißlichen Dämmerung, in dem guten Geruch frischer Wäsche, und als er murmelnd in die Küche ging um Fliedertee zu kochen, kroch Jessika ins Bett und legte sich schnurrend auf ihre Brust.

Ein Kleid für den Winter

Als der Boy mit dem Gepäck kam, trat sie ans Fenster, streifte die Damastvorhänge zur Seite und blickte auf den sonnigen Boulevard und den Kanal, über dessen gleißende Eisdecke Möwen stelzten und nach den Brocken pickten, die ein Herr im Pelzkragen über das Geländer warf. Die Scheibe rann von geschmolzenem Eis, aber drinnen stand unbewegt die Wärme, die aus den stoffbespannten Wänden, dem Teppich und dem getönten Plafond trat und nun mit dem Farbklang aus Rosa, Elfenbein und Hellgrau, Farben, so sanft und verschliffen wie das Innere leerer Muscheln, in ein lautlos intimes Gespräch versunken schien.

Sie fühlte sich ausgeschlossen und fremd, in Hut und Mantel, mit diesem Hauch von Kälte um sich her und lauschte abgewandt auf den gedämpften Atem des Raumes, hörte Malien mit dem Boy hinausgehen, das Klirren der Münzen, dann schloß sich die Tür über Watte, es wurde still. Sie glaubte, allein zu sein, und wandte sich ins Zimmer zurück, um es Eindruck für Eindruck geruhsam in Besitz zu nehmen, plötzlich tauchte Maliens Gestalt in der Tür des Badezimmers auf, sie zuckte zusammen, fühlte sich gestört, im Genuß erfreulicher Entdeckungen unterbrochen und erinnerte sich rasch, daß sie ihn liebte und sich wochenlang auf diese erste gemeinsame Reise gefreut hatte, daß sie also jetzt glücklich war.

»Willst du es nicht anziehen?« fragte er. Sie kramte nach einer Zigarette in seiner Jackentasche, ließ sich Feuer geben und saß, immer noch im Mantel, rauchend, wartend, und ziemlich unbequem auf der Bettkante, während er das

Kleid aus der Tüte zog, die Stecknadeln löste und es neben ihr auf der Daunendecke ausbreitete. »Später, wenn Sie zurückkommen«, sagte sie, spürte Erwartung hinter seinem Schweigen und setzte mit einem Ruck der Anstrengung hinzu: »Es gefällt mir sehr, ich danke Ihnen.« Es gefiel ihr wirklich, erinnerte sie mit seinem verblichenen Grün an Moos im Winter, so weich, so trocken, so vergänglich, sie hatte es selbst ausgesucht, und er bezahlte es dezent hinter der soliden Deckung seines Rückens an einem Tisch mit geschwungenen Beinen und rötlich geflammter Platte, während Madame Alice unter zwitscherndem Geplauder die Schatulle öffnete, in der sie nicht Perlen verwahrte, nicht Ohrclips oder Armbänder, sondern Geld, muffiges, abgegriffenes, schmieriges Geld, über das man in einem Geschäft, das so teuer war wie dieses, nur leise sprach, ganz beiläufig mit einem diskreten Lächeln.

Es geht um Ihre Schönheit, nur um Ihre Schönheit, sagten die Hände der Mädchen, die den Saum absteckten, und falls sie lächelten, so verbargen sie es im Geraschel des seidenen Unterkleides, zeigten nur den gebeugten Nacken und sagten: Gnädige Frau. Bitte ein wenig nach links, gnädige Frau. Sie drehte sich, sachte sachte und hatte das Gefühl, unbeweglich auf einer langsam kreisenden Drehscheibe zu stehen, steile Kerze, am Docht ein einsames Flämmchen emportragend, das hoch über dem Ring aus Geflüster und Geraschel, wo der Stoff aus beweglichen Fingern in die starren Spitzen der Stecknadeln glitt, zu seinem Spiegelbild sagte: Sieh da, ma chère, Sie lassen sich ein Kleid bezahlen! Und das Spiegelbild antwortete mit geschürzten Lippen: Aber warum nicht, ma chère, solange wir uns lieben ...

Sie brannte darauf, es anzuziehen, sobald sie allein war,

und hatte Malien fast vergessen, als er heftig in ihre Haare griff, den Kopf an den Haaren auf das Kissen zog, festhielt und sie auf den Hals küßte. »Wieviele Jahre brauchst du, um zu jemandem ›du‹ zu sagen?« fragte er und grub seinen Kopf zwischen Schulter und Kinn, übergoß ihre Haut mit Atemzügen, die sich beschleunigten, und jetzt mußte sie etwas sagen, mußte das Richtige sagen und es sofort sagen, sonst war es zu spät, sie schielte angestrengt nach der Uhr an seinem linken Handgelenk und sagte: »Wenn du dich noch umziehen willst, dann ist es höchste Zeit.« Es wirkte sofort. Er stand auf. Sie sah seine massigen Schultern vornüberfallen, als er sich über den Koffer beugte, es tat ihr leid, daß sie es gesagt hatte, und der Nachklang ihrer Stimme fuhr ihr eisig in den Rücken. Was ist mit mir los? dachte sie, fragte nicht sich, sondern seine Hände, die großen warmen gepflegten Hände, die sie von Anfang an geliebt hatte, die jetzt im Koffer nach einem frischen Hemd griffen, erinnerte sich an vertraute Gesten und Berührungen, umgab sich mit seinen Händen, versteckte sich hinter seinen Händen, wärmte sich in seinen Händen und wartete, daß sie ihr versicherten: nichts ist los. Aber die ganze Zeit, während sie seine Hände betrachtete und befragte, empfand sie nichts als Ungeduld und den Wunsch, er würde endlich fortgehen und sie allein lassen, damit sie in Ruhe darüber nachdenken konnte, denn wenn sie ihn nicht mehr liebte – und das war wirklich das Schlimmste, was ihr passieren konnte –, dann mußte sie anständigerweise fortgehen und auf alle Annehmlichkeiten einschließlich Kleid verzichten, und zwar so schnell wie möglich, am besten sofort, so verlangte es die besondere Art von Stolz oder Moral oder wie man es auch nennen wollte, die sie sich selbst angefertigt und durch zahlreiche Aventuren erfolgreich erhalten hatte, und wenn sie dies

Nurausliebe aufgab, dann war gar nicht abzusehen wohin sie noch geriet. Sie schauderte, schob es von sich und begriff plötzlich nicht mehr, wie sie darauf gekommen war, denn schließlich war nichts geschehen, nicht das geringste, eine Eintrübung nur, ein flüchtiger Schatten.

Sie ging zum Fenster und spähte nach einer Wolke aus. Es gab keine. Der Himmel war blaß, aber wolkenlos, und das Sonnenlicht vermischte sich mit dem weißen Dunst, der aus dem Eis aufstieg, zu einem Licht, das leichter und heller war, als sie jemals Licht gesehen hatte. »Schau dir das Wetter an, ich habe es dir mitgebracht, freust du dich«, hatte er gesagt, als er sie mittags am Büro abholte. Sie küßte ihn, seine Haut war ganz kühl vom Fahren bei offenem Fenster und roch gut, wie alles um ihn herum gut roch, sie sagte: »Danke schön, ich freue mich ich freue mich ich freue mich«, und das war nicht gelogen, sie freute sich die ganze Zeit: als er sie um die Schultern nahm, sie behutsam in den Wagen schob, den Saum des Mantels über ihr Knie legte, freute sich, weil sie sich kostbar fühlte, aller Sorgfalt wert, streckte wohlig die Beine in dem geräumigen Etui aus rotem Leder, freute sich, daß sie wußte, wo die Zigaretten waren und der Anzünder und die Knöpfe vom Radio, und ehe sie es merkte oder das Geringste dazugetan hätte, glitt sie schon davon, sacht angestoßen und fortgetragen von traurig-heiterer Musette, legte sich zurück und freute sich über das Fremdwerden der Straßen, das Fremdwerden ihrer Büroperson, die mit einer schweren Tasche aus Mühsal auf dem Pflaster verlorenging. Und wie sie nun am Fenster stand, in diesem schönsten aller Hotelzimmer, das vollkommen geschliffen, vollkommen abgestimmt, allen Häßlichkeiten und Peinlichkeiten entrückt ihr zu Füßen gelegt war, als hätte man es für sie entworfen und nach ihren geheimen Wünschen ausgestattet, fiel ihr ein, daß sie Malien noch nie etwas geschenkt hatte, keine Manschettenknöpfe, keinen Schlips, nicht einmal ein Buch, was doch jeder jedem schenken kann, und hatte große Lust, für ihn einzukaufen oder sonst etwas ihm zu Gefallen zu tun, begriff überhaupt nicht, daß sie darauf noch nie gekommen war und faßte den Entschluß, daß das sofort anders werden sollte, aber in einer verzwickten Ecke ihres Gehirns rührte sich ein Erstaunen, daß dieser Entschluß gerade jetzt auftauchte, als sei da plötzlich ein leerer Raum, in den etwas hinein mußte: Dankbarkeit oder Achtung, nur keine Konsequenzen, nicht jetzt und nicht hier, hastig stieg sie aus dem wirren Knäuel ihrer Gedanken, trat neben Malien und half ihm, die Manschettenknöpfe aus dem gebrauchten Hemd herauszunesteln: »Laß nur, ich mach' das schon«, sagte sie und genoß den erstaunten Blick, den er ihr zuwarf, ehe er im Badezimmer verschwand.

Sie entfaltete das Hemd, das er herausgelegt hatte, strich über den Stoff, der kühl und reserviert unter ihren Fingerspitzen abglitt, und spürte hinter dem Allerweltsgeruch nach frischer Wäsche das besondere herb-bitterliche Aroma auf, das allen seinen Dingen und ihm selbst anhaftete, Essenz einer Welt, in der sie nichts zu suchen hatte. Während sie die Manschettenknöpfe in die Knopflöcher schob, frische Unterwäsche auf dem Bett ausbreitete und zweifelnd zwischen den Schlipsen kramte, ohne sich genug Geschmack zuzutrauen, um eine endgültige Wahl zu treffen, baute sie am Faden des Geruches entlang das festgegründete geräumige, gegen alle Zufälle gesicherte, von Bäumen und Hecken bewachte Haus, das ein solch stolzes und unauffälliges Aroma hervorbringen und in Täfelung, Schrank und Truhe über Generationen hinweg bewahren konnte, baute es so fremd und entrückt wie möglich und ging in dem Bewußtsein, ihr Leben lang in Schubladen gewohnt zu haben, durch Säle, die mit kostbaren Dingen und viel verschwendetem Raum möbliert waren, duckte sich vor dem strengen Blick nachgedunkelter Portraits, tastete mit spitzen Füßen durch die labyrinthischen Muster handgeknüpfter Teppiche, verharrte schüchtern im Schatten der Tür zur Halle, in der ein Kaminfeuer die exquisite Langeweile erwärmte, die verborgen hinter den Blättern ausländischer Zeitungen ihre fröstelnden Beine aus Sesseln hervorstreckte und ruhevoll mit der Hand nach dem stets nachgefüllten Glas Whisky griff. Ganz nah roch sie Holzfeuer, Tabak, Leder, Bohnerwachs, Kampfer und das andere, das keinen Namen hatte, weil es zu alt, zu raffiniert gemischt war, und schob mit leichter Hand Malien ins Spiel, wie er abgewandt an den in die Täfelung vertieften Bücherreihen entlangging und hier und da ein Buch herausgriff. Es tat ihr wohl, ihn aus der Distanz zu betrachten, ihn abzutrennen von ihrem Leben in möblierten Zimmern, gemieteten Wohnungen, Stahlglasbüros, das im Lärm fremder Radios, im Dunst fremder Küchen, im Atem von Menschen, die sie sich nicht ausgesucht hatte, nie dazu gekommen war, ein eigenes Aroma zu entwickeln. Nun, nachdem sie das Bühnenbild in der richtigen Beleuchtung und mit sparsam verteilten Requisiten lange genug betrachtet und genossen hatte, fiel es ihr nicht mehr schwer, die sanfte, gefügige, dankbare und aufmerksamke Geliebte auftreten zu lassen, auf die ein solcher Mann, der mehr von den Genüssen des Lebens wußte, als sie je erfahren würde, Anspruch hatte. Sie bürstete die grauen Haare von seinem Anzug, wischte sogar die Schuhe, die es nicht nötig hatten, und bereute, daß sie ihm nicht die Freude gemacht hatte, das geschenkte Kleid anzuziehen, das so gut zu ihren augenblicklichen

Gefühlen paßte, aber dazu war es jetzt zu spät, er erschien dampfend und duftend aus dem Bad, hatte es plötzlich sehr eilig, lief pfeifend im Zimmer herum und zog sich an, ohne sie auch nur wahrzunehmen. Sie folgte ihm mit den Augen und fühlte sich angenehm beunruhigt bei dem Gedanken, er würde sich nicht von ihr verabschieden, sie einfach hier zurücklassen in der herrischen Sicherheit, sie bei seiner Rückkehr wartend vorzufinden, wie er sie auch vorfinden würde, und obwohl sie die Beunruhigung genoß, gab sie einem flüchtigen Reiz nach, schmiegte sich an seinen Rücken, als er zur Tür ging, und flüsterte: »Komm bald zurück« in den Stoff seines Mantels hinein, einen Kuß auf die Stirn erwartend, ein »mach's gut Kleines, bis nachher« und war ehrlich entsetzt, als er herumfuhr, ihr Gesicht zwischen seine Hände klemmte und ganz nah vor das seinige hielt, das ihr vorkam, als hätte man ihm in diesem Moment die Haut abgezogen, so bloß, so roh, so gierig, sie schämte sich: wie er ihr doch das Spiel verdarb! wie er aus dem Rahmen fiel, die sieben unentbehrlichen Schleier der Distanz zerriß! Das ist nicht fair, dachte sie und klopfte ihm sanft auf den Rücken, wie man einem Kind oder einem Hund auf den Rücken klopft, versuchte nicht zu hören, was er sagte, murmelte: »Ja ja, es ist ja gut, ich weiß ich weiß« und spürte, wie in eben diesem Augenblick mit einem dünnen gemeinen Surren der Motor ansprang, der sie gegen ihren Willen, denn sie wollte wahrhaftig nichts anderes als bei ihm bleiben, ihn lieben und ihre Ruhe haben, von ihm löste und mit jeder Umdrehung weiter von ihm forttrug. Der Schaden schien nicht groß: ein Stecknadelstich aus Überdruß und Gereiztheit, unerheblich wenn sie nicht gewußt hätte, so sicher wie man den Winter weiß, wenn sich das erste Blatt verfärbt, daß es gegen die Ausbreitung dieses Übels kein anderes Mittel gab als sofort zu schneiden. Als er die Tür ins Schloß zog, lief sie ein paar Schritte hinterher, wollte es rasch hinter sich bringen, was doch einmal getan werden mußte, aussprechen und abwerfen, solange es noch klar und eindeutig, sie selbst noch klar und eindeutig war: ein scharfer Streich zwischen Tür und Angel, sich abwenden, herausgehen, noch hatte sie den Mantel an und wenn darüber nachgedacht und bereut werden mußte, dann später, nicht hier, allein. Sie griff nach der Klinke, aber da surrte schon der Aufzug, löste sich von ihrem gespitzten Entschluß wie eine Masche von der Stricknadel und fiel und fiel, eine schmale Bahn aus Nichts zurücklassend. Sie kehrte in das laue Innere des Zimmers zurück, zum Fenster, an dem sie steif und immer noch gespannt stehenblieb und von oben sah, wie er am Auto erschien, den Parkwächter bezahlte und hinaufblickte. Erst als der Wagen in der Kette der anderen verschwand, ließ sie die Schultern fallen und erinnerte sich aufatmend, daß es ja nicht so eilig war: mindestens zwei Stunden Zeit bis zu seiner Rückkehr, zwei Stunden, um eine nicht allzu abrupte, nicht allzu endgültige Form des Fortgehens zu finden: Brief oder Anruf, sie ließ es offen und in die Lücke strömte die träge Benommenheit des Zimmers, besänftigte sie und machte sie müde. Zwei Stunden Zeit.

In den Glaswänden der Bürohäuser auf der anderen Seite des Kanals sank die Sonne von Stockwerk zu Stockwerk. Rötliche Möwen glitten ohne Flügelschlag über rötliches Eis in den Schatten der Brücken. Der Tag zog sich zögernd zurück, in Rot und Gelb lamentierend: ein Kind, das noch nicht schlafen gehen will und sich an jedem Stück Spielzeug festhält, an der letzten Geschichte, am letzten Lied, am Lichtstreifen, der durch die angelehnte Tür fällt, am verebbenden Gemurmel der Stimmen. Alles zum letzten

Mal. Sie streichelte den Teppich mit den Sohlen, fuhr mit den Fingerspitzen über die polierte Platte des Schreibtischs, über den mit Chintz bezogenen Sessel, über die seidige Tapete, betrachtete die Bouquets aus Rosenknospen und die Stücke galanter Malerei zwischen den lichten Streifen, bettete die Stirn in den Duft der Kopfkissen, setzte sich in den Sessel am Fenster, der sich wie im Kosmetiksalon ganz zurückklappen ließ und stand wieder auf, um die Vorhänge zu schließen, als käme der Sog der Loslösung von außen, als genügte es, das ergrauende Licht auszuschließen, um sich dem kühlen Abwärtsstrom zu entziehen. Wirklich kehrte mit der stumpfen Dämmerung so etwas wie Ruhe ein, die Zeit, diese zwei Stunden die sie sich bewilligt hatte, dehnte sich mit verfließenden Rändern in die Breite.

Sie ging ins Badezimmer, ließ Wasser einlaufen und spritzte Fichtenessenz aus der Tube, die fädig davonschwamm, auseinanderfloß und das Wasser mit einem Grün durchdrang, das alle Farben angriff und verwandelte und ihren Fuß, ehe sie ihn eintauchte, mit einem bläulichen Schmelz überzog: spröder zerbrechlicher Porzellanfuß, der zerstäubte, als er den Wasserspiegel durchstieß und in der Tiefe nur lose wieder zusammenfloß, formlos unbestimmt, sehr leicht, wie alles im Wasser leicht wird, ihr ganzer Körper so leicht, daß sie ihn auf der Spitze des kleinen Fingers aufheben und wiegen konnte. Sie fühlte sich breit auseinandergezogen, zerstreut und schwebend mit sich selbst vermischt, ruhte in der Schwebe und dachte, den Kopf auf den Rand der Wanne gelehnt, daß sie sicherlich fortgehen würde aber noch nicht gleich, etwas später. Als sie mit dem Zipfel des Badetuches einen Streifen klares Silber in den beschlagenen Spiegel wischte, entdeckte sie auf ihrem Gesicht einen verdächtigen Ausdruck, eine Art Lächeln, das mehr wußte als sie selbst, das sie als frivol erkannte und rasch zurücknahm. Sie warf den Morgenrock über und sah, daß über dem Spiel mit nichts fast eine Stunde verstrichen war, die Hälfte ihrer Zeit und nun mußte etwas geschehen.

»So«, sagte sie laut, setzte es energisch als Endpunkt, hinter dem etwas Neues beginnen muß: ein Satz, der die Handlung weiterträgt, ein Entschluß, eine Tat zum Beweis, daß sie es immer noch war, diese Person mit Grundsätzen und dem ganz besonderen Stolz, wahrhaftig es wurde ihr nicht leicht gemacht, das Zimmer zog gelangweilt die Fühler ein, als sie die Briefmappe öffnete, die rote Gänsefeder ergriff, die an der Spitze in einem Kugelschreiber mit grüner Mine auslief und sie entschlossen auf das Papier setzte, um den taktvollen und warmherzigen Brief zu schreiben, den diese prekäre Situation verlangte. Sie schrieb die ersten Sätze, fand sie gelungen und erlaubte sich, beruhigt, endlich auf dem richtigen Wege zu sein, eine kleine Pause, in der sie die Blicke müßig schweifen ließ, und sah zwischen den galanten Szenen an der Wand sich selbst sitzen: weiß, duftend, frisch gebadet, den Gänsekiel in der Hand und das Kinn nachdenklich in die spitzen Finger der anderen Hand gestützt, eventuell etwas Feuchtes im blauen Schatten des unteren Augenrandes schimmernd, fand sich zart und rührend, durchaus geeignet für einen Goldrahmen und die Unterschrift »Dame einen Abschiedsbrief schreibend«, das Ganze auf Fragonard-Manier mit schaumigem Stoffgekräusel und zahlreichen unnötigen Gegenständen verziert, ein hingehauchtes Decolleté, aus dem sich preziös der Nacken hob, der kleine Finger abgespreizt, ein Lächeln trotz melancholisch gesenkter Mundwinkel, die Locken in künstlicher Zufälligkeit in die Stirn gekräuselt: so hielt sie still und erhei-

terte sich an der koketten Wehmut dieser Dame, die fern jeglicher Tragik ihre grünen Zeilen aufs Papier malte: die sorgfältig gestutzten zirkelgezogenen Hecken der Zeilen, hinter denen Putten ihr leichtfertiges Gelächter versteckten. Und was weiter?
Sie entzog sich dem Gekicher und mahnte sich zum Ernst, beendete gewissenhaft ihren Brief und setzte ihren Namen darunter, während das Zimmer amüsiert über ihre Schulter blickte und sie nicht aus den Augen ließ, als sie aufstand und sich in den Schatten zurückzog, als sei sie schon gegangen und das Blatt läge allein unter dem schweifenden Widerschein der Autoscheinwerfer, aufleuchtend und erblassend in einer Leere, die Malien beim Eintritt sofort spüren würde, noch ehe er das Licht anknipste, das Bett leer fand, das Bad, die Schränke leer, den Schemel an der Tür kahl, als hätte nie ihr Koffer darauf gestanden, keine Spur außer undeutlichen Vertiefungen auf dem Bett, flüchtige, wahllos verstreute Katzenspuren. Da entdeckte er den Brief und versuchte ihn ohne Brille zu lesen, was ihm nicht gelang, aber auch nachdem er die Brille aufgesetzt hatte, verstand er kein Wort, verstand nur, daß er allein war, und das hätte er auch ohne Brief verstanden. Indessen befand sich die Dame, die Frischgebadete, gegen Erkältungen so Anfällige nicht etwa in einer Kutsche mit verhängten Fenstern, auch nicht, was bequemer gewesen wäre, in einem Taxi Richtung Bahnhof, sondern trat das Pflaster nächtlicher Straßen, das Eis gefrorener Pfützen mit neuen Schuhen die viel zu eng waren, nur punktweise den Boden berührten, gar nicht zum Gehen geeignet, viel eher geeignet, sich leicht auf den Nacken ergebener Liebhaber zu setzen, was sie, wie die Dinge im Augenblick lagen, jederzeit hätte haben können, aber nein, sie blieb immer noch standhaft, ging weiter, landete in einem

Bahnhof, in einem Wartesaal, zwischen dessen im Nachtwind flatternden Türen lichtscheue Vögel rasteten, bedrohlich auf Stangen aufgereiht, die erste Klasse war bereits geschlossen, die Augen mit einer weißen Haut überzogen, um den Servietten und Geldtaschen unfreundlicher Kellner zu entgehen. Es war nicht abzusehen, aber sicherlich zu einer Stunde, da die Heizung schon aus oder noch nicht an war, würde sie die Wohnungstür aufschließen und auf dem Tisch das abgegessene Frühstücksgeschirr von heute oder gestern finden, die zähe Haut getrockneten Eigelbs, kalten Tee in der Tasse, und würde schaudernd in ein leeres Bett steigen und frieren, wie er in seinem leeren Bett in diesem Zimmer frieren würde, und das alles wegen dieser selbstangefertigten Moral, die unter dem Blinzeln des Raumes eine fatale Tönung ins Lächerliche annahm: nicht daß das Zimmer sich aufgedrängt hätte, es blieb diskret im Hintergrund und hatte nichts dagegen, daß sie fortging, legte ihr nichts in den Weg, jedenfalls nicht direkt, aber der Aufwand schien doch etwas übertrieben: war es denn wirklich so wichtig? wo blieben die zarten Nuancen, der schmelzende Hautgout verfeinerter Zivilisation? Dieses Zimmer, das man zu einer anderen Zeit Boudoir genannt hätte, verhielt sich wie eine welt- und lebenserfahrene Freundin, die elegantere Lösungen parat hat, sofern man sich aus der dünnen Luft erhabener Grundsätze in die schwellenden Niederungen der Täler hinabbequemt, die aber taktvoll genug ist zu schweigen und ihre Stunde abzuwarten: die Stunde des grünen Kleides, das immer noch auf dem Bett ausgebreitet lag, geduldig sanftmütig, ohne Ansprüche: »Aber wenn Sie frieren, ma chère, dann bedienen Sie sich doch, bitte sehr, es verpflichtet zu nichts.«

Sie ergriff es am Saum, zog es an sich, legte das Gesicht in den Stoff und witterte Ma Griffe, das sie beim Anprobieren im Gewebe zurückgelassen hatte: dieses Kleid gehörte ihr! Nicht weil er es ihr geschenkt hatte sondern weil es sich beim Anziehen – sie zog es hastig an, als wollte es ihr jemand wegreißen – so innig mit ihrer Haut verband, gar nichts Neues, immer dagewesen: diese Sanftmut und Indolenz aus verblichenem Grün, von innen nach außen gestülpt, Winterfell für kalte Tage. Die kalten Tage standen vor der Tür, es war Zeit, sich zu bedecken und nichts von dem, was man hatte, auch wenn es nicht vollkommen war, leichtsinnig aufs Spiel zu setzen. Aber deshalb verzichtete sie doch nicht auf das Fortgehen, das sie sich vorgenommen hatte, sie ging unermüdlich mit flüchtigen Füßen von Spiegel zu Spiegel, auch die Tür hatte an der Innenseite einen Spiegel, und es waren die Spiegel, die sie auffingen und ihren Schritt sanft in den Kreis der schönen künstlichen Gegenstände zurücklenkten, die ihr entgegenkamen, sie freundlich umringten.

Schon fiel sie nicht mehr auf: Dekoration zwischen Dekorationen, kein falscher Ton in der Harmonie der Farben, die auf der Schwelle des Verbleichens in einer Abschiedsgeste festgehalten waren, wie sie im Fortgehen festgehalten war und immer noch fortging, als der zurückkehrende Malien sie vom Boden aufhob und küßte. Aber auch dann bewegte sie noch die Füße, streifte mit dem spitzen Absatz den Abschiedsbrief so geschickt vom Schreibtisch, daß er umgekehrt auf den Teppich glitt, und fühlte erst, wie müde sie war, als er sie niederlegte, wo das Kleid gelegen und ihr den Platz vorgewärmt hatte, und ihr die Schuhe von den heißen Füßen zog. Da hielt sie endlich still und registrierte aufatmend hinter geschlossenen Augen, daß es nun zu spät war, tant mieux.

Im Stil des Hauses

Nachdem sie etwa 50 Kilometer gefahren sind, zuerst Autobahn, dann Landstraße, zuletzt ein ungeteerter Weg mit Wagenspuren, in denen noch Schneewasser steht, biegt er in einen Hof und bringt den Wagen vor einem Scheunentor zum Stehen. Während der Fahrt haben sie nichts geredet, nicht, weil sie sich nichts zu sagen hätten, sondern weil das zwischen ihnen eine ganz große Sache ist, eine von den Sachen, die, einmal in Bewegung, nicht mehr aufzuhalten sind, und wohin das treibt und was dabei kuputtgeht, das kann keiner voraussehen. Aber so weit ist es noch nicht. Alles noch drin in dieser Sache, alles noch möglich. Steig ein! hat er gesagt, als er sie auf dem Heimweg vom Institut abfing, und sie hat nicht gefragt, wohin und wie lange, obwohl sie wußte, daß sie Schwierigkeiten haben würde. Für nachher ist kein Platz zwischen der überspannten Haut und der Sache, die immer noch wächst, sich heiß und pulsierend ausdehnt in die entferntesten Enden ihres Körpers: Zehen, Fingerspitzen, Ohrläppchen. Das geht nicht mehr lange! Sie braucht alle Kraft, um sich zusammen und von ihm getrennt zu halten im äußersten Winkel zwischen Sitz und Tür. Erst als er aussteigt, löst sie das Gesicht von der Scheibe und seufzt gestaute Luft aus. Im Schutz der Dunkelheit sieht sie zu, wie er zur Haustür geht, aufschließt und innen Licht macht.
Das also ist das Landhaus, von dem er ganz zu Anfang gesagt hat: Eigentlich ist es ihr Haus. Meine Frau hat alles geplant, gekauft und gemacht. Sie hat eine Leidenschaft fürs Einrichten, das ist ihr Leben. Weiter hat sie nicht gefragt. Es gibt da ein Arrangement, eine Art Gentleman's

agreement: Mach dir keine Sorgen, du nimmst ihr nichts weg. Das war alles schon geregelt, eh sie erschien. Jeder kommt auf seine Kosten, aber es bleibt alles im Rahmen, mit Fairness, Stil und so weiter. Stil sprach er mit getrenntem s-t. Das ist schon eine Weile her, aber jetzt erst begreift sie, als sie mit Fingerspitzen das alte gefugte Holz der Haustür entlangfährt, die früher vielleicht zu einer Dorfkirche gehörte. In das Schlüsselloch unter der schmiedeeisernen Klinke ist ein Sicherheitsschloß eingesetzt. Noch ist Zeit zu sagen: Nicht hier! Laß uns umkehren! Gehen wir in ein Hotel! Sie wittert die eingesperrte Luft, die ihm vertraut ist, ihr aber nicht. Während sie ihm von der Schwelle aus zusieht, wie er den Mantel auf den bemalten Bügel hängt, verändert sich etwas in ihr und der großen Sache. Eine Schärfe kommt hinein, nicht unangenehm, ein spitzer, lusterregender Stachel: Sie hat nie ein Haus gehabt.

Beim Einschlüpfen in das Haus, das nicht das ihre ist, spürt sie ihren Körper schmaler, kühler, glatter unter den Kleidern, die sie gleich ausziehen wird. Lautlos, mit dem behutsamen Tritt von Katzen, steigt sie hinter ihm die Treppe hinauf.

In diesem Haus ist an alles gedacht. Die von Flickenläufern bedeckte Treppe wird in Augenhöhe von gerahmten Stichen begleitet, auf denen Pferde verschiedener Rassen abgebildet sind. Rotkarierte Schirmchen bedecken die Wandleuchten im oberen Flur. Die Dachbalken sind erhalten oder neu eingezogen und auf alt gebeizt. Rotkariert sind auch die Gardinen vor den kleinen Fenstern. Sie laufen an Holzringen auf gedrechselten, gewichsten Holzstangen, und die Holzstangen liegen in den nach Maß gearbeiteten schmiedeeisernen Haken. Hinter einer vergilbten, auf Sperrholz aufgezogenen Flurkarte ist der

Fernseher versteckt, den er kurz anknipst, ohne ihn weiter zu beachten. Verwirrt auch er? Sie weiß es nicht. Wie wenig weiß sie von ihm! Der Ofen mit handgemachten Kacheln wird von der Ölheizung im Keller beheizt, daneben Holzscheiter, die nicht zum Brennen bestimmt sind. Das Ewige Licht unter der Bauernmadonna wird von einem hinter Marienglas versteckten elektrischen Birnchen erzeugt.
Ihr seid doch gar nicht katholisch, sagt sie zu ihm, und: Wie hältst Du das aus?
Du weißt, ich bin selten hier, sagt er.
Aber seine Pfeifen sind hier. Seine holländischen Tabakstöpfe, in denen die Blechdosen versteckt sind, sein Krug mit Zinndeckel, Angelzeug, Hirschlederhose, Bundschuhe – sein Privatleben. Nun auch: seine Geliebte. Und die Frau, wo ist sie? möchte sie fragen, aber das gehört nicht hierhin.
Der Spiegel im Eheschlafzimmer hat die Form eines bäuerlichen Triptychos. Zugeklappt zeigt er Adam und Eva im Paradies – Bauernstil, wie die bemalten Schragen der Ehebetten, wie Nachtkasten, Bauernschrank, Uhr.
Er ist jetzt im Bad. Sie schlägt das Paradies auseinander, so daß der Spiegel heraustritt. Nackt tritt sie in den Spiegel. Das nackte Gleißen von Haut zwischen lauter verkleideten Gegenständen erfüllt sie mit Triumph. Sie stellt den Fuß auf den Frisierhocker in Form eines Melkschemels, legt die Hände mit gespreizten Fingern auf die Hüften und wirft den dicken dunklen Schopf zurück. Wie Tierfell streift er die Nackenhaut. Ganz toll fühlt sie sich, wild, lebendig: Fremdkörper, Stilbruch, Zersprenger von Arrangements. Aus der Bürste unter dem Spiegel nimmt sie ein langes, goldenes, zweifellos gefärbtes Haar, bläst es an und läßt es zu Boden schaukeln. Dabei erwischt sie im

Spiegel ein Lächeln, das nicht zu ihr gehört. Es gefällt ihr nicht. Es ist klein und scharf, macht Ritzen links und rechts vom Mund, grenzt ihn ein, den großen freizügigen unbekümmerten Mund, den er so liebt an ihr. Sie versucht es wegzubringen, indem sie mit Fingerspitzen die Haut nach außen zieht. Zu sehen ist nichts mehr, aber sie spürt es innen: ein kleiner Krampf, eine minutiöse Niedertracht, als sie seine Schritte im Flur hört und rasch ins Bett schlüpft.

Die Laken sind klamm. Beim Umarmen des Kopfkissens greift sie seinen Pyjama (oder ist es ihrer?), schiebt ihn weg, tritt ihn zum Fußende. Er kommt und ordnet seine Dinge im Raum wie einer, der hier zuhause ist. Während sie ihn aus einem Spalt zwischen Decke und Kopfkissen beobachtet, fühlt sie es wieder, fremd, kühl, verstohlen, irgendwie infam, dieses Lauern und Lauschen.

Komm doch, komm, sagt sie, schließt die Augen und denkt mit aller Kraft an die große Sache, ihre und seine, die jetzt in Bewegung geraten wird, zueinander, miteinander und jetzt und jetzt und jetzt. Ich liebe dich, sagt sie sogar, unter Seufzern, zum ersten Mal seit sie sich kennen: ich liebe dich! Und es geht ja auch alles gut, wie es geht bei erwachsenen Leuten mit Erfahrung, Einfühlung, Geduld und Phantasie. Es geht glatt, ohne Versagen und Peinlichkeit, und jeder kommt reichlich auf seine Kosten.

Aber mehr ist es nicht.

Das weiß sie erst später, als er schon eingeschlafen ist. Still und flach liegt sie neben ihm und begreift langsam, gegen Widerstände, daß die ganz große Sache nicht in Bewegung geraten ist. Unbegreiflich zurückgestaut, zu einem harten Knoten unterhalb des Zwerchfells geballt, bedrängt sie Atem und Kreislauf: ein totes Gewicht, eine abgestorbene Frucht. Sie möchte ihn wecken, ihn fragen: was ist das?

fühlst du es auch? Wach auf, möchte sie sagen, sprich mit mir. Sie geht im Zimmer herum, barfuß über den Hirtenteppich, schaut aus dem Fenster, streift Dinge, die sich abwenden. Dann setzt sie sich auf den Schemel und hält ihr Gesicht in aufgestützten Händen dem Spiegel hin. Es ist glatt und zu, ganz Außenhaut. Die Öffnungen wirken vorgetäuscht, wie Attrappen. Sie lassen nichts durch. Nur der Atem geht aus und ein. Rings um die Konturen ihres Körpers erscheinen in den drei Spiegelflächen die Möbel und Gegenstände des Zimmers: Schrank, Uhr und Leuchter, Bilder von falschen Naiven, Holzkübel mit Herbstzweigen, deren Blätter nicht fallen. Undurchdringlich in ihrer Entfremdung halten sie die angewiesenen Plätze. Noch nie hat sie Dinge so tot gesehen; und doch tun sie etwas mit ihr. Die Strategie liegt in der Anordnung, vermutet sie, wie bei Supermärkten. Je lockerer die Waren angeordnet sind, umso unausweichlicher steuern sie Richtung und Bewegung des Kunden. Vor der Kasse findet er seinen Wagen beladen mit Dingen, die er nicht wollte, und was er wollte, hat er vergessen.

Im Stil des Hauses, sagt sie mit spitzem s-t, und noch einmal, lauter, bösartiger: Wir haben uns im Stil des Hauses geliebt!

Als nichts zurückkommt, dreht sie sich langsam um und sieht: Er ist fort. Irgendwann muß er leise aufgestanden und aus dem Zimmer gegangen sein.

Sie ruft nach ihm, leise, dann heftiger, sucht ihn im Bad, im Flur, die Treppe hinunter, sucht ihn im ganzen Haus, zündet alle Lichter an, schreit, schlägt Türen, stößt Fenster auf.

Dann fängt sie an, Sachen zu zerschlagen, Bilder und Vorhänge herunterzureißen und darauf herumzutrampeln, seine Pfeifen, Tabaksdosen, Bierkrug, Bundschuhe und

Lederhosen aus dem Fenster zu werfen. Wie eine Rasende fährt sie durch die Räume, und solange sie in Bewegung ist mit diesem Wirbel selbsterzeugter Geräusche um sich herum wie Bühnenmusik, glaubt sie an den ganz großen Zorn und die totale Verwüstung. Bis es sie absetzt, ganz plötzlich, mitten im Zimmer stehen läßt mit hängenden Armen, keuchend, und nichts ist passiert, nichts ist ausgerichtet worden, sieht sie, langsam sich auf der Stelle umdrehend, nichts Gründliches, nichts Radikales, ein wenig Unordnung. In wenigen Stunden wird die umsichtige Hausfrau die Dinge an ihren Platz gestellt und die Spuren verwischt haben. Das nächste Mal, wird sie zu ihrem Gatten sagen, das nächste Mal bring lieber Gäste, die sich benehmen können.
Sie sucht ihre Sachen zusammen. Langsam und sorgfältig zieht sie sich vor dem Spiegel an und macht sich zurecht mit Puder und Lidstrich. Die Augen sind immer noch trocken.
Sie klappt die Seitenflügel des Spiegels zu. An den Knöcheln kauend betrachtet sie das Paradies mit dem Schlänglein im Apfelbaum. Sie denkt sich, daß das Schlänglein sich auch einmal als Schlange gefühlt haben mag, ganz toll und wild, gefährlich, rasant als Fremdkörper, Stilbruch, Revolution in Gottes Lustgarten, und war doch schon eingeplant und vorgesehen mitsamt Giftzahn – ein klein wenig Platz zwischen den Blattornamenten, da paßte es genau hinein, wenn es sich nur fein zusammenrollte und sündhaft gleißte und züngelte mit der gespaltenen Zunge, ein bißchen toll, ein bißchen wild, aber alles im Rahmen.
Sogar die Nachttöpfe dienen als Blumenschalen, sagt sie, von der Schwelle zurückblickend.
Dann schließt sie die Tür und schließt im oberen Stock alle Fenster und zieht die karierten Vorhänge zu. Soweit sie

noch an den Stangen hängen, verdeckt den Fernseher und macht die Lichter aus, auch das ewige unter der Bauernmadonna und die Wandleuchten im oberen Flur und im Treppenhaus zwischen den Pferdestichen. Sie nimmt ihren Mantel, löscht auch im unteren Flur das Licht und tritt ins Freie.

Der Morgen ist schon unterwegs: Grau hinter den Bergspitzen im Osten, in dem Stück Fluß zwischen Haus und Garage, im Lack des Wagens, der vor der Garage steht. Im Nachbarhof sind viele kleine Fenster erleuchtet. Die Melkmaschine läuft. Auf der Schwelle hockend überlegt sie, was sie ihm sagen will, wenn er zurückkommt. Wir müssen das rückgängig machen, will sie ihm sagen. Wir müssen das vergessen und ganz woanders ganz von vorn anfangen. Sie umarmt ihre Knie ganz fest, aber das Zittern bleibt. Dann sieht sie ihn durch den Garten heraufkommen. Er trägt eine Tasche, in der das Herausgeworfene verpackt ist. Er stellt die Tasche ins Haus hinter die Tür und schließt ab. Später wird er zurückkommen und aufräumen. Er steigt ins Auto, läßt den Motor an und macht für sie die Tür auf. Sie setzt sich und legt die Stirn an die Scheibe. Er wendet rückwärts in den Weg und gibt Gas. Das Schneewasser in den Rillen spritzt zur Seite.

Es ist schon Verkehr auf der Autobahn, aber sie kommen glatt durch. Als sie im Schutz des Torwegs halten, werden am Milchladen gegenüber Kisten mit Flaschen ausgeladen. Sie denkt, daß sie heute mit einem Liter auskommen wird.

Ich habe im März Urlaub und du? fragt er.

Endlich sehen sie sich an. Er nimmt sogar die Brille ab, um besser zu sehen und gesehen werden zu können. Soviel Mut haben sie immer noch. Und tatsächlich bekommen sie in diesem Augenblick alles klar, alle denkbaren Chancen und den ganzen zur Verfügung stehenden Spielraum ein-

schließlich des bereits verbrauchten. Und obwohl sie ein für allemal wissen, daß es zu wenig, jedenfalls für sie und ihre große Sache nicht das richtige ist, können sie doch nicht aufhören, einander anzusehen, zu erkennen, zu verstehen, womöglich zu lieben, und noch einmal rührt sich die ganz große Sache und bereitet Schmerzen.
Sie läuft die paar Schritte zur Haustür, stößt den Schlüssel ins Schloß und hat keinen anderen Gedanken im Kopf, als die Tür hinter sich zu bringen und irgendwo in Ruhe, im Dunkeln, vielleicht im Keller, zusammenzuklappen, zu weinen, wenn möglich ohnmächtig zu werden: Lieber Gott, laß mich nur einmal im Leben, laß mich jetzt ohnmächtig werden. Aber es kommt nicht dazu.
Der Hausmeister fängt sie hinter der Tür ab und gibt ihr eine Zeitschrift, die nicht in den Briefkasten gepaßt hat. Sie bedankt sich und sagt etwas über das Wetter. Auf der Treppe fällt ihr die überzeugende Ausrede ein.

Schrecksekunden

Lieber Robert,
ich wollte Dir schon gestern abend schreiben, gleich nach der Ankunft, wie ich es Dir am Bahnhof versprochen habe. Ich habe sogar einen Brief angefangen, in dem Doppelzimmer über der Café-Bar am Hafen, in dem ich mit Nina untergekommen bin. Aber ich war zu unruhig. Das Schaukeln des Schiffes war immer noch in mir. Die Stimmen, die vom Hafenplatz heraufdrangen, machten mir angst. Ich habe die Läden zugemacht und bin im Gang neben den Ehebetten auf und abgegangen, leise, damit Nina nicht aufwacht. Eine Zeitlang habe ich in der offenen Tür gestanden und überlegt, ob ich hinuntergehen soll. Wenn wir zusammen in Urlaub fahren, machen wir am ersten Abend einen Rundgang, »Atmosphäre schnüffeln« nennst Du das.
Wir haben immer alles zusammengemacht.
Das habe ich auch dem Kinderarzt gesagt, als er mir empfahl, mit Nina auf die Insel zu fahren. Das geht nicht, habe ich gesagt, mein Mann bekommt um diese Zeit keinen Urlaub. Ich habe versucht, ihm klarzumachen, daß ich nicht der Typ Frau bin, die allein loszieht, in ein fremdes Land, ohne Mann.
Da sagte er: Sie sind doch erwachsen, oder? und öffnete die Tür für den nächsten Patienten.
Früher war er aufmerksamer! Eine gewisse Wärme! Solange es da ist, merkt man es nicht. Es ist einfach das Klima; Erotik, würde Ellen sagen. Man merkt es erst, wenn es kühl wird . . .
Sieht man mir eigentlich an, daß ich schon über 40 bin?

Die Freunde sagen, ich habe mich überhaupt nicht verändert, seit meiner Heirat. Man sollte nicht glauben, daß Du schon große Kinder hast, sagt Max.
Und Du? Was sagst Du?

Lieber Robert,
dies ist unser erster Morgen auf der Insel. Ich sitze draußen, ganz allein an einem Tisch der Café-Bar. Die Markise schirmt die Morgensonne ab. Der Wind ist hinter dem Berg. Daß überhaupt Wind da ist, sieht man nur an den Schaumkronen weiter draußen im offenen Meer und am Schwanken der Boote im Hafen. Die Wirtin hat mir einen Slibowitz gebracht, den ich nicht bestellt hatte. Ich habe gesagt, daß ich keinen Schnaps trinke, bestimmt nicht am Morgen. Sie hat mich nicht verstanden. Ich hätte ihn stehenlassen sollen. Nun bin ich ein bißchen tipsy, grade soviel, daß ich es in den Beinen und im Kopf spüre: ein kleiner Schwindel, als stünde ich immer noch auf dem Schiff, ganz vorne, wo der Bug das tintige Wasser teilt.
Wie lange haben wir uns keine Briefe geschrieben! Wir brauchten das nicht. Wir waren ja immer zusammen.
Ich stelle mir vor, wie Du meine Briefe liest, wahrscheinlich spät abends, wenn Jochen und Kristine im Bett sind. Du sitzt in dem schwarzen Sessel unter der Lampe. Die blauen Vorhänge sind zugezogen. Du machst das Fernsehen aus, nicht wahr?
Du tust nichts, als meine Briefe lesen.
Du klopfst Deine Pfeife am Rand des Aschenbechers aus. Das ist sonst mein Einschlafgeräusch. Ich höre es bis ins Schlafzimmer.
Ich sollte nicht so früh ins Bett gehen! Die Abendstunden könnten uns beiden gehören: Geschirr vom Abendessen

abgewaschen. Die Kinder im Bett. Die Sachen für den nächsten Morgen zurechtgelegt. Wir könnten uns unterhalten. Aber ich schaff das nicht. Immer diese Müdigkeit. Ich falle um wie ein abgelaufener Kreisel. Oder wäre es Dir gar nicht lieb, wenn ich sitzen bliebe? Willst Du nur Deine Ruhe haben?

Wenn ich den Kopf hebe, sehe ich das Hafenbecken mit den Booten, eins mit Trauben aus Susak, eins mit Fischen, die sie auf den Treppenstufen verkaufen. Dahinter das Meer mit einem fernen Schiff, das stillzustehen scheint. Weiter weg die Festlandberge, rauchblau im dunkleren Blau des Himmels, wie gemalt, wie eine Bühne mit gemalten Kulissen ... Ich wünschte, ich könnte das, was ich sehe, so ausdrücken, daß Du es auch siehst. In der Schule war ich immer gut im Aufsatz. »Lebendig und anschaulich erzählt«, schrieb die Lehrerin unter meine Arbeiten. Findest Du das auch, wenn Du meine Briefe liest? Oder denkst Du: Jetzt spinnt sie wieder! Wie im letzten Urlaub, als wir mit den Kindern auf dem Hochgern standen und ich sagte: Wenn nun plötzlich die Schwerkraft aufhörte und wir stürzten ab ins unendliche Blaue! und Du sagtest: Schau lieber nach, ob wir das Salz für die Eier eingepackt haben!

Lieber Robert,

Nina geht es gut. Sie hat nicht gehustet, seit wir hier sind. Wie der Arzt gesagt hat: Das Klima wirkt Wunder bei Erkrankungen der Atemwege. Heute hat sie lang geschlafen. Dann hat sie ihren Kaba getrunken und ist fortgegangen, zum Hafen. Nun sitzt sie auf einem der eisernen Pflöcke, an denen die Boote vertäut sind, und sieht zu, wie die Trauben ausgeladen werden. Eine Frau in Inseltracht hat ihr eine große blaue Traube geschenkt. Ich habe ihr zugerufen, daß sie die Traube waschen soll, aber sie hat mich nicht gehört. Ich sollte hingehen, aber ich bin träge, ein komischer Zustand: träge und unruhig zugleich. Die Trägheit sitzt in den Gliedern, die Unruhe im Bauch. Mein Zwerchfell fühlt sich an wie ein Segel, irgendwie flattrig, mal gespannt, mal schlapp. Max und Ellen würden sagen: Dir fehlt einfach ein Mann, sonst nichts! Sie denken immer an sowas. Wenn ich mich nun hier in irgend jemand verlieben würde? Nur so, zum Zeitvertreib, nur um zu sehen, ob ich das noch kann ...

Natürlich geht das nicht, schon wegen Nina.

Sie hat mir die geschenkte Traube gebracht und ist gleich wieder weggelaufen. Nun esse ich sie, ungewaschen, Beere für Beere, und stelle mir vor, wir beide säßen hier und sprächen beim Essen der Traube über die Traube, wie sie alles enthält, Erde, Sonne, Klima, in der Essenz. Mir schmeckt sie nur süß!

Ich bin einfach nicht gewöhnt, etwas allein zu haben.

Wenn wir miteinander reisen, sind wir immer auf der Suche nach Motiven. Du machst die Dias, die wir später, wenn wir zurück sind, den Freunden zeigen werden. Wir reden über die Dinge, die wir sehen, und während wir darüber reden, wird eine runde Sache daraus, die wir später unseren Freunden erzählen können. Natürlich haben wir die Dinge schon vorher gesehen, jeder für sich, aber das ist nicht das Gleiche, als wenn wir darüber reden.

Hier kann ich mit niemandem reden ...

Lieber Robert,

wir haben eine gute Reise gehabt: Anschlüsse korrekt, Plätze reserviert, alles, wie Du es organisiert hast. Ich habe

Halbpension verabredet, so machen wir das doch immer. Morgens und abends verpflegen wir uns selbst: Brot, Paprika, Trauben, Käse, keine Süßigkeiten! Das muß aufhören! Vielleicht komme ich wieder auf 120 Pfund, wie bei unserer Hochzeit. Das würde Dir gefallen, nicht wahr?
Die Leute sind nett, nicht aufdringlich, wie diese Italiener vor zwei Jahren. Weißt Du noch, der Kerl mit den Souvenirs, der mich bis ins Hotel verfolgte? Du sagtest: Ich darf meine Frau nicht aus den Augen lassen. Sie ist einfach zu blond.
Ich bin immer noch blond, vergiß das nicht! Das heißt, eigentlich bin ich ja dunkel, Doris Aigner mit dem dunkelblonden Pferdeschwanz, der beim Laufen hinterherflatterte. Du mochtest die Farbe nicht.
Ich hätte vor der Abreise zum Friseur gehen sollen. Die Haare dunkeln so schnell nach. Wenn ich im Spiegel das Dunkel neben meinem Scheitel sehe, denke ich an Doris Aigner. Sie ist weit weg und lange her. Wenn das Dunkle nicht wäre, hätte ich sie längst vergessen . . .
Wir haben Glück mit dem Wetter. Es ist immer noch sommerlich warm und still. Der Wind ist hinter dem Berg. Angeblich soll bald die Bora kommen. Das ist ein Wind, der Kälte vom Festland herüberbringt. Dann wird es mit einem Schlag Herbst sein.
Ich muß die gute Zeit ausnützen! Solange es noch warm ist, werde ich über den Berg auf die andere Seite der Insel gehen. Drüben soll es zauberhafte Buchten geben, wo nie ein Mensch hinkommt. Das haben wir uns doch immer gewünscht: eine Insel! eine Bucht für uns ganz allein, Natur! Die Liebe zur Natur, darin sind wir uns begegnet, vor Jahren, auf diesem Berg im Engadin. Wir wollten immer mal wieder hin. Wie hieß er doch noch? . . .

Lieber Robert,
nun sind wir schon drei Tage hier, und Nina hat immer noch keine Kinder zum Spielen gefunden. Ich beschäftige mich mit ihr. Wir spielen Ball auf dem Kirchenvorplatz, stundenlang. Du weißt, daß ich mir immer gewünscht habe, mehr Zeit für Nina zu haben. Die Kinder werden so schnell groß. Man übersieht das. Eines Tages gehen sie fort.
Man müßte sich viel mehr Zeit für die Kinder nehmen. Jetzt habe ich Zeit. Ich rede mit Nina, aber sie hört mir nicht zu. Sie macht Porzellanaugen wie ihre Puppe Alexandra. Meine Stimme prallt an ihren Porzellanaugen ab und kommt zu mir zurück.
Ich höre meine Stimme von außen. Sie klingt fremd, mühsam, nach Radio-Frühsport, nach Krankenschwester, nach Tante Hedwig, die einmal im Jahr zu Besuch kam, eine arme Haut, alleinstehend . . .
Ich glaube, die Leute hier finden es seltsam, daß ich ohne Mann reise. Ich fühle mich auch seltsam. Dem Angestellten vom Tourist-Büro habe ich gleich zu Anfang gesagt: Vielleicht kommt mein Mann nach. Als Nina das hörte, hat sie einen Luftsprung gemacht und geschrien: Wann kommt der Papi? Nun möchte sie unbedingt Motorboot fahren.
Es gibt eine ganze Flotte von diesen Viking-Motorbooten hier. Sie gehören Westdeutschen, meist älteren Ehepaaren ohne Kinder. Sie kennen sich alle von zuhause her und machen alles gemeinsam. Ich kenne natürlich keinen.
Du sagst: Von einem gewissen Alter an schließt man keine Freunschaften mehr, aber bei mir ist das anders, denk doch an Max und Ellen und die Brockmanns, man muß die Leute mögen, dann mögen sie einen auch, natürlich muß man ihnen zeigen, daß man sie mag, ich habe mich immer

leicht getan mit Kontakten, ausgesprochen kontaktfreudig, anpassungsfähig, das sagen alle, die Vikings haben mich gleich gemocht, jedenfalls grüßen sie mich und ich grüße zurück, das passiert wohl hundertmal am Tag, weil man sich ständig trifft hier unten am Hafen, und bei Tisch reichen sie Salz und Zahnstocher und geben Tips für Eßlokale, finden Nina reizend, kaufen ihr Eis. Ich bin ganz sicher, sie würden ihr eine Bootsfahrt anbieten, wenn sie nur darauf kämen. Man muß einfach fragen: Die Kleine möchte so gern, würde es Ihnen was ausmachen? Fragen kostet doch nichts . . .

Lieber Robert,
Nina ist ganz verrückt aufs Motorbootfahren. Gestern bin ich zu den Leuten aus Wuppertal hingegangen, um sie zu fragen, ob sie Nina mal mitnehmen würden. Wir haben uns unterhalten, über das Wetter, über die Bora, die kommen wird, man muß die gute Zeit ausnutzen. Ich hatte es auf der Zunge, aber ich konnte es nicht aussprechen. Ich konnte nicht fragen, Robert!
Ich weiß nicht, was das ist. Sonst frage ich doch auch: nach Salz für die Suppe, nach Feuer für die Zigarette, nach Tips für Ausflüge. Aber weiter geht's nicht. Als wäre da eine Grenze, eine Scheibe, die man nicht sieht aber fühlt, kalt und glatt.
Ist das vielleicht immer so, auch bei Freunden, bei Max und Ellen oder den Brockmanns?
Wenn man zum Beispiel zu ihnen sagen würde: Könnt Ihr für ein paar Tage Nina nehmen? Ich muß mal abschalten . . .
Man tut das nicht, deswegen fällt es einem nicht auf, daß es nicht geht, aber irgendwo, tief drinnen, weiß man

schon, daß sie nicht diese Art Freunde sind, die man solche Dinge fragen kann, befreundete Ehepaare, aber nicht diese Art Freunde. Wenn man es trotzdem tun würde? Einfach so, nur um zu sehen, was passiert? Du würdest das nicht wollen. Du bist für klare Verhältnisse: Wenn Du es nicht schaffst, nehmen wir eine Hilfe. Aber so hab ich es nicht gemeint . . .
Ich habe Nina gesagt: Wenn wir nächstes Jahr wieder hierherfahren, wird Papi ein Motorboot kaufen. Das wird dann unser eigenes Motorboot sein.

Lieber Robert,
heute bin ich mit Nina in der Kirche gewesen. Wir wollten nur den Ball herausholen, der durch die offene Tür unter die Bänke gerollt war, aber dann blieb Nina vor den Bildern stehen und fing an zu fragen. Ich schämte mich vor den alten Frauen im Gestühl, obwohl sie ja nichts verstehen. Nina fragt wie ein Heidenkind: Warum hängt der Mann da? Ist das Stacheldraht, was er um den Kopf hat? Darf ich das Rote mal anfassen? Mit wem redet die Frau in der Bank? Wofür sind die Kerzen?
Sie hat einfach keinen Begriff von Religion. Gut, daß sie bald in die Schule kommt. Die Kinder sollten christlich erzogen werden, das gibt ihnen Halt. Wir sind auch christlich erzogen worden. Wir sind uns einig, daß eine christliche Erziehung richtig ist. Abends beim Gutenachtsagen hab ich es mal versucht mit der Weihnachtsgeschichte: Stall, Ochs, Esel, Engel und so weiter. Nina sagt, sie will zu Weihnachten Lego. Ich sage, Geschenke sind nicht das Wichtigste an Weihnachten. Das Wichtigste ist die Liebe. Auf einmal mußte ich weinen. Das ist mir auch letztes Weihnachten in der Kirche passiert. Jochen machte seine

Witzchen darüber. Als Du ihn zur Rede stelltest, ist er einfach weggegangen – vor der Bescherung.
Man müßte irgendwie christlicher sein, schon wegen der Kinder. Dann würden sie ès ganz von selbst mitkriegen, ohne daß man viel reden muß. Wenn man über diese Dinge redet, klingt es wie gelogen. Man schämt sich. Sagst Du deshalb immer: Das ist Frauensache!?

Lieber Robert,
gestern morgen, als ich beim Frühstück saß, kam eine Schar Kinder hier vorbei. Sie sprachen deutsch. Die Vikings am Nebentisch sagten: Das ist nicht Deutsch sondern Sächsisch! Da wußte ich Bescheid, hätte es mir eigentlich gleich denken können, wie sie daherkamen, nicht gerade im Gleichschritt, auch nicht uniformiert, trotzdem wirkten sie so: gleichförmig, triste, grau in grau, wie Du immer gesagt hast, wenn Du von drüben kamst. Ich war ja nie mit, da versäumst du auch nichts, sagst Du.
Natürlich waren Aufpasser dabei, ein Mädchen und ein junger Mann, die typische Mischung von Funktionär und Sportlehrer, blond, stramm, linientreu. Das Mädchen nicht häßlich, aber auch keine Spur fesch oder sexy, irgendwie jugendbewegt, wie sagst Du doch immer: Latsch, latsch die Heide blüht. Als sie direkt neben uns waren, fingen sie an zu singen und mir wurde ganz komisch, so wie früher, wenn wir mit der Schule in Dreierreihen loszogen und sangen. Das gab mir ein ganz bestimmtes Gefühl von »Wir« und Gemeinsam«, das ich seitdem nicht mehr gehabt habe, aber jetzt plötzlich war es wieder da und eine Lust zu weinen. Ich habe schnell die Sonnenbrille aufgesetzt und das ironische Lächeln zurückgegeben, das die Vikings vom Nebentisch hinüberwarfen.

Und dann passierte mir etwas. Vielleicht liegt es daran, daß ich allein bin und niemand sagt: Wie siehst du aus? Was machst du für ein Gesicht? Ich sehe mich selbst von außen, und das was ich sehe, ist anders, als ich gemeint habe, und es gefällt mir nicht. Ich sehe mich an und denke: Sieh mal an, die Frau Doris Stadelmann! Wie sie sich anstrengt, es diesen Vikings recht zu machen! Dieses Lächeln! Das ist doch gar nicht ihres. Es ist ein Lächeln vom Nebentisch. Sie gibt es ihnen zurück, aus Gefälligkeit. Auf ihrem Gesicht wirkt es mies, irgendwie schleimig, gelogen. Eigentlich mag sie diese Leute nicht.
Ich weiß nicht, wie so etwas kommt. Es muß damit zusammenhängen, daß ich allein bin, trotz Nina, unserer Jüngsten, dem letzten Kind.
Wenn ich denke, wie lang ich sie herumgeschleppt habe. Ich spürs noch in der linken Hüfte. Ich hielt sie mit dem linken Arm, während ich mit der Rechten im Kochtopf rührte. Bei Nina war alles zum letztenmal. Als sie dann anfing zu laufen . . . Natürlich freute ich mich, man will doch, daß alles normal ist. Aber plötzlich war alles so leer, ich leicht und leer, wie eine hohle Nuß. Damals hat das angefangen mit dem Hunger auf Süßes. Du hast mir die Waage zu Weihnachten geschenkt. Solange ich Nina mit mir herumtrug, sagten die Marktfrauen »junge Frau« zu mir. »Was solls denn sein, junge Frau?«
Ich weiß ja, daß das ganz normal ist. Die Kinder gehen fort. Man muß sie lassen. Schließlich sind wir für sie da und nicht sie für uns. Aber wenn ich nachts so daliege, neben Nina in dem großen altmodischen Ehebett, dann packt es mich plötzlich: Ich beuge mich über sie, ganz nah, und sehe sie wie zum erstenmal, ihr glattes bräunliches Gesicht, ungeritzt, Kükenflaum um die Mundwinkel wie eben aus dem Ei geschlüpft, aus der geborstenen, leerge-

fressenen Schale, und alles schon fertig und zu, ganz in sich und mit sich unterwegs. Ist das nicht unfair? Ich habe sie genährt, bis die ersten Zähne kamen. Ich habe sie überall herumgeschleppt. Ich möchte sie an der Schulter packen und rütteln, so fest, daß es wehtut: Sieh mich an, ich bins, deine Mami! Hast du deine Mami auch lieb?
Leider schlafe ich hier nicht gut. Mitten in der Nacht wache ich auf, weil irgend etwas anders ist. Als hätte eine Uhr aufgehört zu ticken, der Kühlschrank aufgehört zu surren. Dann lese ich in einem alten Krimi, den ich im Nachtkasten gefunden habe. Es geht um Waffenschmuggel, ziemlich spannend, natürlich nicht das, was Du Literatur nennst. Ich versuche auch, in den Zeitschriften zu lesen, die Du mir mitgegeben hast, damit ich was für meine Bildung tue. Ich habe mir immer gewünscht, mehr Zeit zu haben, um mich weiterzubilden, aber am Ende komme ich doch auf den Krimi zurück . . .

Lieber Robert,
Nina langweilt sich. Sie will unbedingt mit den DDR-Kindern spielen. Ich habe mich natürlich erkundigt: Sie sind zur Erholung im hiesigen Krankenhaus, staatlich verschickt wegen Bronchitis, Asthma, Hautausschlägen. Nicht ansteckend. Aber man weiß eben nicht, wo sie herkommen. Ich habe Nina gesagt, daß wir ein Boot mieten können, daß ich mit ihr auf dem Kirchplatz Ball spiele. Aber sie wollte zu den Kindern, die jeden Morgen im Meerschwimmbad baden. Als wir an der Mauer vorbeigingen und die Kinder dahinter schreien hörten, war sie plötzlich weg. Ich mußte hinterher, was blieb mir übrig? Ich war nicht ganz auf der Höhe, Robert. Ich wäre lieber im Schatten geblieben. Als ich durch die Tür eintrat, fiel

die Sonne über mich her, knallte auf die Betonstufen. Das Meer glitzerte weiß. Das Kindergewimmel machte mich ganz schwindlig. Sie waren alle nackt, wie die Würmer. Ich bin bestimmt nicht prüde, aber soviel fleischfarbenes Fleisch! Man will nicht hinschauen, aber es zieht einen, eine Art Neugier, auch Ekel, wie wenn man einen Stein aufhebt und darunter ringeln sich Würmer ... Ich wußte gar nicht, daß sie so fortschrittlich denken, da drüben. Ich sagte mir, schließlich sind die Kinder krank. Ich regte mich nur auf, daß ich Nina nicht finden konnte. Man müßte sie doch herauskennen, das eigene Kind. Sie müßte sich irgendwie unterscheiden von diesen staatlich verschickten Proletenkindern. Ich bin bestimmt nicht eingebildet, aber es muß doch Merkmale geben, an denen man seine Leute erkennt ...

Plötzlich passierte es mir wieder. Ich sah mich von außen: Frau Stadelmann! So blond unter dem Haarfestiger, geschwungener Sonnenhut, Überformatbrille, Goldschnallensandalen, Knöchelkettchen, steigt mit spitzen Füßen Stufen hinab, vermeidet Berührung, hält die Tasche fest an sich, als wollte ihr jemand was wegnehmen, Sonnenblitze aus Modeschmuck, irgendwie funkelnd, aggressiv ... Dabei hatte ich nur Angst, weil ich fremd und unbefugt war. Endlich entdeckte ich Nina. Nackt wie die anderen saß sie auf dem Arm des großen jungen Mädchens, das die Gruppe der Kleinsten betreut. Als ich rief, sah sie zu mir herüber. Ich dachte, sie würde kommen, aber sie sagte nur: Hallo Mami! und lief mit den andern.

Das war mir peinlich. Das Mädchen konnte ja denken: Dieses Kind macht sich nichts aus seiner Mutter. Oder: Diese Mutter lädt ihr Kind bei mir ab, damit sie in Ruhe ihren Krimi lesen kann. Das wollte ich natürlich nicht auf mir sitzen lassen. Ich habe dem Mädchen zugelächelt und

die Achseln gezuckt. Damit wollte ich sagen: Kinder sind Kinder, da kann man nichts machen! Das Mädchen hat nicht zurückgelächelt. Das war ein Schock für mich, verstehst Du das? Ich hätte bestimmt zurückgelächelt. Das wäre doch das Normale gewesen. Vor lauter Schreck fing ich an nachzudenken, was das eigentlich ist: normal. Und dann kam ich plötzlich draus, wie beim Gedichtaufsagen: das berühmte Schwarze Loch. Ich war völlig durcheinander. Um ein Haar wäre ich zu dem Mädchen hingegangen und hätte sie auf den Kopf zu gefragt: Warum lächeln Sie nicht zurück? Mögen Sie mich nicht? Finden Sie mich unsympathisch?
Es ist noch nie passiert, daß jemand mich unsympathisch fand. Oder ich habe es nicht gemerkt.
Das Mädchen sah aus, als ob sie mir die Wahrheit sagen würde: ein großes offenes Gesicht. Stand einfach da, breitbeinig im Knietiefen, in ihrem selbstgestrickten Badeanzug, ganz unbekümmert, ob jemand zuguckt. Was man von ihr denkt, Männer und so. Als ob ihr das egal wäre. Mir ist das nie egal.
Natürlich bin ich nicht hingegangen. Ich habe meinen Bademantel im Schatten der Mauer ausgebreitet und auf Nina gewartet . . .

Lieber Robert,
ich denke jetzt viel an früher, an meine Ausbildung und das Jahr Arbeit mit haltungsgeschädigten Kindern im Krankenhaus. Du hast das nie so ganz für voll genommen, weil man dazu kein Abitur braucht. Meine Eltern hätten mich das Abitur machen und Medizin studieren lassen sollen, sagst Du, dann hätte ich einen ganz anderen Status gehabt.

Vielleicht hätte ich doch weitermachen sollen, noch ein, zwei Jahre. Vielleicht hätte ich sagen sollen: Jetzt noch nicht, Robert, später. Hättest Du auf mich gewartet?
Wenn ich im Schwimmbad zusehe, wie das Mädchen mit den DDR-Kindern Gymnastik macht, juckt es mich in allen Gliedern, zu ihr hinzugehen und zu sagen: Versuchen Sie es doch mal so!
Wir hatten eine besondere Methode, auf die wir sehr stolz waren. Ich war richtig gut, damals. Als ich ging, sagte der Chefarzt: Wir haben gut zusammengearbeitet, Fräulein Aigner. Denken Sie an uns, wenn Sie wieder in den Beruf gehen! Ich sagte, das würde wohl nie passieren. Wir wollen heiraten und Kinder haben, sagte ich, das ist auch eine Art, zusammenzuarbeiten! Da grinste er nur und sagte: Nicht unbedingt, Fräulein Aigner, nicht unbedingt!
Ist Dir eigentlich klar, daß ich noch nie in Deinem Betrieb gewesen bin? Ich weiß schon, was Du machst, aber ich habe keine Vorstellung. Du auch nicht von dem, was ich mache, wenn Du nicht zu Hause bist. Ich versuche, mit allem fertig zu werden, bis Du kommst. Damit wir Zeit füreinander haben. Aber dann bin ich schnell müde, Du auch. Beim Abendessen erklären wir uns, warum wir so müde sind. Ein richtiger Wettkampf ist das: meine Müdigkeit – Deine Müdigkeit. Gewinnen kann keiner. Wir haben ja keine Vorstellung . . .
Ich habe mich mit den DDR-Kindern im Schwimmbad unterhalten, zehn- bis zwölfjährige Mädchen. Sie hockten in meiner Nähe und malten mit Buntstiften in Zeichenhefte. Ich habe lange gezögert, dann bin ich hingegangen, einfach um zu wissen, ob ich das noch kann: mit fremden Kindern umgehen. Sie malten ein Bild vom Krankenhaus. Es soll ein Geschenk für die jugoslawischen Pioniere sein, die am Wochenende zu Besuch kommen. Ich sagte, ich

würde auch gern so ein Bild haben, als Souvenir. Zuerst wollten sie nicht, aber dann gab ich ihnen mein Sonnenöl, Ambre Solaire, ein teures Zeug, sowas kriegen sie drüben bestimmt nicht. Sie waren ganz wild darauf, zankten sich drum. Das stärkste Mädchen hat es dann bekommen. Kinder sind eben Kinder: egoistisch, habgierig. Wie Du immer sagst: Die Menschen ändern sich nicht. Aber die Kinder?

Plötzlich hatte ich keine Lust mehr. Sie sind dann auch gegangen. Ich hatte ja nichts mehr zu bieten.

Ich habe ein wenig geschlafen. Als ich aufwachte, stand die Flasche Ambre Solaire neben meinem Kopf. Wahrscheinlich haben sie dem Mädchen gesagt, sie soll es zurückgeben.

Es mag ja sein, daß die Menschen sich nicht ändern, aber die Kinder ...

Lieber Robert,

endlich habe ich einen, mit dem ich reden kann: Mirko, der Sohn der Café-Bar-Besitzerin ist von Saisonarbeit zurückgekommen, ein großer dunkler Kerl mit wüsten Haaren und einer roten Narbe quer über die Wange. Er ist höchstens dreiundzwanzig, könnte beinah mein Sohn sein, aber wenigstens kann er ein bißchen Deutsch. Ich habe mir vorgenommen ihn auszufragen über Land und Leute. Ich will mich informieren. Tatsachen. Wie leben diese Menschen und wovon? Wohin fahren sie morgens mit dem Bus, mit Motorrädern? Wie ist der Lebensstandard? Sind sie zufrieden mit dem Regime? Wie verbringen sie ihre Freizeit? Zuhause werde ich unseren Freunden darüber berichten. Sieh an, unsere Doris! werden sie sagen, wie selbständig! Und gescheit! Und was sagst Du?

Frühmorgens startet Mirko vor der Tür sein Motorrad. Ein Höllenlärm! Mich stört das gar nicht. Ich springe aus dem Bett und habe Lust, einfach Lust, auf alles! Ich lege Nina die Sachen zum Anziehen aufs Bett und stehle mich aus dem Zimmer. Ich will nicht, daß Nina aufwacht. Ich will es ganz allein haben; den neuen Tag, den Platz, die Straßen. Alles für mich, ganz egoistisch. So war ich früher, als Kind. Ich schlüpfte aus dem weißen Schleiflackbett, schlich auf Zehenspitzen die Treppe hinunter und holte mir die warmen Brötchen, die der Bäcker um sechs vor die Haustür legte. Ich stieg auf meinen Kletterbaum im Garten, schmatzte die Brötchen und fühlte mich unbändig: Doris Aigner zwischen acht und zwölf – die kennst du gar nicht!

Hier hat der Bäcker seinen Laden am oberen Kirchplatz. Er backt gutes Brot, weißes mit brauner Kruste, die beim Einbeißen kracht und splittert. Wenn der Laden leer ist, bin ich ganz allein mit dem Geruch und den Broten. Ich schleiche um die Theke herum und rieche an den Broten im Regal. Einen Hunger habe ich! Unbändig! Ich will einfach alles!

Als Kind muß ich ziemlich verrückt gewesen sein. Sie sagten: Die schnappt noch mal über!

Das hast Du mir ausgetrieben.

Heute hätten sie mich beinah erwischt. Ich habe schnell ein Brot herausgenommen, Geld auf die Theke gelegt und ab, den Berg hinunter. Meine Sandalen knallten wie Maschinengewehrfeuer im Engen zwischen den Hauswänden. Ich wollte einen großen Tag draus machen: auf die andere Seite der Insel gehen! Meine Bucht entdecken! Weit herausschwimmen!

Die Vikings in der Café-Bar blickten sich nach mir um und tuschelten, als ich über den Hafenplatz rannte.

Weißt Du noch, wie Du mir mal gesagt hast: »Du läufst wie ein Pferd!« Das war, als ich dich zum erstenmal in Deiner Heimatstadt besuchte. Ich hatte Dich vom Zugfenster aus gesehen und lief mit der Reisetasche den Bahnsteig entlang, Dir entgegen. »Hier kennt mich jeder!« sagtest Du.

Vor den Vikings habe ich so getan, als hätte ich es wegen Nina so eilig. Man weiß ja nicht, was Kinder anstellen, wenn man sie allein läßt. Dafür hatten sie Verständnis. Kinder sind Kinder. Nina war nicht mehr im Bett. Ich habe sie gesucht. Dann war es zu spät für die andere Seite . . .

Lieber Robert,

dieser Mirko spielt hier eine besondere Rolle. Die Mutter hofiert ihn wie einen König. Gegen Abend füllt sich die Bar mit Männern und Burschen, die auf ihn warten. Mit den Fremden gibt er sich wenig ab. Wenn er sich herabläßt, einen Café zu bringen, empfindet man das als eine Gnade. Sogar die Vikings sagen Dankeschön. Meist ist er unterwegs mit dem Motorrad oder mit seinem Boot. Er hat eine verrückte Art, Boot zu fahren. Er regiert es mit den Schenkeln wie ein Reiter. Breitbeinig im Heck stehend, drückt er es haarscharf um die Riffe herum. Wenn eine Felsnase zu nah kommt, nimmt er die Schulter ein wenig zur Seite – ganz lässig. Wenn man ihn sieht, kriegt man Lust, etwas Verrücktes und Gefährliches zu tun. Seit Mirko hier ist, habe ich ständig das Gefühl, es passiert noch was.

Heute hat der Funktionär-Sportlehrertyp von Mirkos Boot aus eine Riesenmuschel vom Meeresgrund heraufgetaucht. Sie brachten das Prunkstück in die Bar und die Vikings gerieten ganz aus dem Häuschen. Sie wollten die Muschel abkaufen, aber der Typ wollte nicht. Er nahm auch den Slibowitz nicht, den sie ihm anboten, und als sie anfingen, ihn auszufragen über drüben, gab er nur spärlich Auskunft. Dabei waren die Vikings voller Wohlwollen, lobten das Schulsystem drüben: scharfe Auslese nach Leistung, politechnische Erziehung. Das wäre was für unsere Gammelbrüder, sagten sie. Ein bißchen Dirigismus im Erziehungswesen könnte uns im Westen nichts schaden. Aber dann fingen sie mit der Freiheit an: Wie stehts mit der Freiheit? Und wie sie es aussprachen – Freiheit –, klang es irgendwie exklusiv, wie Rolls Royce, sehr teuer. Das reizte mich. Oder war es nur, weil Mirko mich von der Bar aus beobachtete. Ich sagte: Was verstehen Sie denn unter Freiheit? Es klang unpassend, irgendwie peinlich, meine hohe Stimme über dem Männergebrabbel. Ich weiß wirklich nicht, warum ich das sagen mußte. Ich habe doch keine Ahnung von Politik und so weiter. Wenn sie mich gefragt hätten, was ich unter Freiheit verstehe, wäre mir nichts eingefallen. Aber sie fragten nicht, ihnen war es ganz klar: eben die Freiheit, sich ins Auto zu setzen und irgendwo hinzufahren. Aber so hatte ich es nicht gemeint.

Der Funktionär-Sportlehrertyp sagte: »Soweit kommen wir auch noch. Bei uns wird viel gearbeitet.«

Das hat den Vikings gefallen. Sie bestellten eine Runde und tranken auf die tüchtigen Deutschen hüben und drüben. Dann sprachen sie von Gastarbeitern. Mirko sagte, er wolle im Winter nach Berlin. Da sagte ein Berliner Viking: »Wenn Du nach Berlin kommst, ruf mich mal an. Ich kenne da ein paar Leute. Vielleicht kann ich was für dich tun.« Er sagte Du zu Mirko. Vor lauter Wohlwollen.

Ich ging nach draußen, und nach einer Weile kam Mirko und fragte: »Wo kommen Sie eigentlich her?« Ich sagte, daß ich aus Westdeutschland komme, genau wie die Vikings.

Er sah mich von oben herunter an, und ich dachte an das Dunkle an meinem Scheitel und ärgerte mich, daß ich kein Kopftuch anhatte.

Er sagte: »Sie sind ja gar nicht blond! Sie sollten lange dunkle Haare haben wie die Mädchen von hier.«

Ich hätte ihn zurechtweisen sollen, wie Du sagst: in seine Schranken zurückweisen, aber mir fiel nichts ein. Ich bin schnell auf mein Zimmer gegangen, und habe den weißen Kapuzenmantel geholt, den Du mir zu Weihnachten geschenkt hast.

Ich habe die Kapuze über meinen nachgedunkelten Kopf gezogen und bin allein am Hafen spazierengegangen. Ich war wie ein Segel in meinem weiten weißen Mantel, fing Wind auf, ließ durchgehen . . .

Lieber Robert,

am Abend gehen die Jungen und Mädchen, nach Geschlechtern getrennt, in langen Reihen zwischen den Cafés und der Kirchentreppe auf und ab. Beim Umkehren vor den Cafés bleiben sie vollzählig, aber am anderen Ende, wo die Laternen aufhören, lösen sich Einzelne aus der Reihe und stehlen sich die Treppen zum Kirchplatz hinauf. Das Dunkle um die Kirche, der Uferpfad unter den Mimosen, die zum Meer abfallenden Klippen sind voll von Flüstern und Rascheln und leisen Pfiffen wie von Mäusen.

In dem Gang zwischen Kirche und Felswand habe ich ein Liebespaar überrascht. Sie taten es im Stehen. Er stützte

sich mit der Hand gegen die Kirchenwand, so daß sein Arm das Gesicht des Mädchens verdeckte. Sich selbst bedeckte er nicht. Er lachte mir zu und machte weiter. Es sah stolz und freudig aus.
An der Treppe fing ich an zu laufen. Ich lief um den ganzen Hafen herum und wieder zurück. Dabei sang ich in den Wind, ganz leise, damit die alten Männer auf den Steinstufen nichts davon hörten ...

Lieber Robert,
heute abend hat das große junge Mädchen vom Krankenhaus draußen vor der Café-Bar gesessen, ganz allein. Die Wirtin ist herausgekommen und hat gefragt, was sie trinken will. Das Mädchen hat gesagt, sie will nichts trinken, nur hier sitzen.
Es machte nichts aus, die meisten Tische waren frei, aber ich, wenn die Wirtin mich gefragt hätte, ich hätte bestimmt etwas bestellt, auch wenn ich nichts gewollt hätte. Ich hätte eben ganz schnell etwas gewollt: Café oder Wein oder Slibowitz ...
Wenn man immer das will, was andere von einem erwarten, wie soll man dann jemals herauskriegen, was man wirklich will?
Ich wäre gern zu dem Mädchen hingegangen und hätte gefragt: Wie machst du das? einfach dasitzen und tun, was niemand erwartet?
Ich war gerade im Begriff, zu ihr zu gehen, da kam der Funktionär-Sportlehrertyp und setzte sich neben sie. Er legte den Arm um ihre Schulter und flüsterte ihr etwas ins Ohr. Er sah jung und verliebt aus, gar nicht wie ein Funktionär-Sportlehrertyp. Das war nur so eine Vorstellung von mir. Oder von Dir.

Wenn man einmal versuchen würde, sich keine Vorstellungen zu machen, bis man die Dinge oder Menschen richtig angeschaut hat!
Leider sind die Vorstellungen meistens schon vorher da. Wie in unserer ersten möblierten Wohnung in Gladbach. Wir konnten nicht mal unsere eigenen Bilder aufhängen, alles war schon voll. Zuerst war uns das lästig, dann haben wir uns dran gewöhnt. Die Sachen waren wie unsere eigenen. Wir haben immer gesagt, daß wir in unserer ersten Wohnung am glücklichsten waren . . .

Lieber Robert,
heute nacht bin ich aufgewacht, als Mirkos Boot zurückkam. Ich wußte gleich, daß er es war, obwohl viele Boote nachts unterwegs sind. Ich bin aufgestanden und zum Fenster gegangen.
Durch die Spalten des Fensterladens habe ich gesehen, wie er über den Platz zum Haus ging. Es war hell draußen, fast Vollmond, im Zimmer dunkel. Ich dachte, er könnte mich nicht sehen, aber als er dicht vor dem Haus war, blickte er herauf und stieß einen Pfiff aus, leise und dünn, wie die Pfiffe in den Büschen hinter der Kirche. Ich duckte mich unter die Fensterbank und wartete, bis unten die Tür ging. Dann bin ich schnell zu meiner Tür gelaufen und habe den Schlüssel umgedreht.
Jetzt liege ich im Bett und schreibe an Dich. Ich will Dir alles sagen, auch das, was ich Dir sonst nie sage. Zum Beispiel, daß ich gerne mit Dir schlafen möchte, gerade jetzt, gerade hier. Zuhause bin ich immer müde. Wenn Du kommst, schlafe ich schon, dann ist es irgendein Traum unter vielen. Ich habe mir nie viel draus gemacht. Du vielleicht auch nicht. Wie soll man das wissen? Ich versuche,

mir Dein Gesicht vorzustellen. Ich weiß ja alles: Nase, Augen, Haaransatz, Bartwuchs. Aber wenn ich es zusammensetze, kommt kein lebendiges Gesicht heraus; wie bei den Zeichnungen, die sie von gesuchten Verbrechern anfertigen: Es stimmt alles, aber die Gesichter sind leer und tot. Ich habe nie begriffen, wie sie nach diesen Zeichnungen einen lebendigen Menschen identifizieren können ...

Lieber Robert,
Nina geht jetzt auch nachmittags zu den DDR-Kindern. Sie hat einen Freund gefunden, Dieter, Sohn des Schulleiters aus Halle. Sie stopft das Essen hinein und fort ist sie, rennt die Straße zum Krankenhaus hinauf, verschwindet hinter dem Gittertor. Ich habe den ganzen Tag Zeit. Ich könnte den Schlaf nachholen, den ich bei der Nacht versäume. Aber ich bin nicht mehr müde. Ich gehe viel, keine Wanderungen. Auf der anderen Seite bin ich noch nicht gewesen. Ich gehe einfach: Gassen entlang, Treppen hinauf und hinunter. Ich höre meine Sandalen auf Pflaster und Stufen, immer zwischen Mauern. Wenn Tore offen sind, bleibe ich stehen und blicke in die Innenhöfe. Ich weiß, daß ich da nichts zu suchen habe, aber ich möchte gern eintreten und die Dinge anfassen, die dort herumliegen: Hofbesen, Blumenkübel, Kinderspielzeug.
Ich schaue durch Fenster in die Zimmer hinein und wünschte, ich wäre drin und könnte mit den Dingen umgehen. Dabei geh ich doch zuhause jeden Tag mit solchen Dingen um und denke mir nichts dabei. Jetzt denke ich, aber irgendwie ist es die verkehrte Art. Es ist etwas an meinem Denken, das die Dinge auflöst wie Säure: mein Elektroherd, Staubsauger, meine Waschmaschine ...

Es wird Zeit, daß ich heimkomme. Wenn ich nach Hause komme, wird allerhand zu tun sein. Kristine wird schon sauber machen, aber die Ecken, die Fenster, die Rillen der Heizkörper . . .
Die Bücher müssen auf dem Balkon ausgeschlagen werden. Ich muß mal im Keller aufräumen und das Kinderbett zum Sperrgut geben. Am dritten Dienstag im Monat kommt Sperrgut. Wir müssen auch Reisig besorgen, um die Beete abzudecken, bevor Frost kommt.
Wenn ich nach Hause komme, wird der Winter bald da sein . . .

Lieber Robert,
es gibt Plätze, wo ich immer wieder hingehe, zum Beispiel das Krankenhaus. Ich stehe hinter dem Gittertor und sehe zu, wie die Kinder Schulaufgaben machen oder spielen. Ich stelle mir vor, wie es wäre, wenn ich dort arbeiten würde. Ich würde Dir schreiben: Sei nicht böse, ich bleibe noch ein paar Monate hier. Geld brauche ich keins, ich werde ausreichend bezahlt. Wenn ich an Dein Gesicht beim Lesen denke, muß ich lachen. Natürlich weiß ich, daß ich so etwas nie tun würde, aber Deine Reaktion interessiert mich doch. Vielleicht würdest Du mit dem Wagen kommen, um mich zurückzuholen. Und wenn ich nicht käme? . . .
Jeden Abend gehe ich zu meiner Klippe, das ist eine vorragende Felsnase an der Ecke des Steilufers, wo es sich in den Rovenska Hafen hineinbiegt. Wenn ich bis zum Ende hinausgehe, kann ich mich in den Wind hineinlehnen, wie in einen Sessel. Ich tue es jedesmal, obwohl ich Angst habe. Wenn meine Knie anfangen zu zittern, lege ich mich auf den Bauch und schaue über den Rand der Klippe in die

Brandung hinunter. Ich stelle mir vor, ich würde da hinunterspringen. Es würde mich gleich wegziehen, hinaus und hinunter. Man würde mich vielleicht nicht mehr finden. Würdest Du weinen? Ich wüßte gern, wie es aussieht, wenn Du weinst. Du kannst das gar nicht, sagst Du. Du hast nicht mehr geweint, seit Du klein warst.
Man sagt, daß das ganze Leben an einem vorbeifliegt, während man fällt. Ich wüßte gern, was da an mir vorbeifliegen würde ...
Morgen soll hier ein Fest stattfinden. Über dem Hafenplatz hängen an langen Schnüren die Lampions. Ich würde gern mitfeiern, aber ohne Mann trau ich mich nicht. Theoretisch würde es nichts ausmachen. Mich kennt ja hier keiner, aber praktisch, ich meine, wirklich tun, was man will – aber ich weiß nicht mal, ob ich wirklich will ...

Lieber Robert,
seit heute morgen feiern sie das Fest. Die Kneipen sind voll bis auf den Platz hinaus, lauter Männer. Unaufhörlich spielen mehrere Radios, Plattenspieler, Harmonikas, alles in Moll und in diesem ungraden Rhythmus, mit dem unsereins nicht zurechtkommt. Für die ist das ganz normal. Sie wiegen sich zu der Musik und singen den Mond an, der heute zum ersten Mal verschleiert ist. Wolken sind quer über den Himmel gewischt, gefiedert, gebogen wie Hahnenschwänze. Wenn die Männer einander begrüßen, umarmen sie sich und küssen sich auf beide Wangen. Als wären sie alle schwul, aber das stimmt nicht. Sie tun es aus Freundschaft.
Bei uns tun die Männer das nicht, weil sie sich schämen. Mirko sagt: Bei euch mögen die Leute sich nicht. Sie können sich nicht riechen. So gut spricht er Deutsch!

Frauen sind kaum zu sehen, wohl Kinder, die treiben sich bis in die Nacht hinein am Hafen herum. Ich stelle mir vor, daß die Frauen im Dunkeln hinter den Fensterläden stehen, wie ich, gestreift vom Licht, das durch die Spalten der Läden fällt. Dahinter die Ehebetten, gestreift und Streifen die Wände entlang, gestreift, vergittert, vergattert ... Wenn sie es nun mal anders machen würden? Wenn sie einfach hinausgingen, um mit den Männern lustig zu sein? Auf den Grills im Freien braten Raznici und Cevapcici. Ich habe Hunger. Ich könnte hinuntergehen und mir etwas zum Essen holen, aber vielleicht würde ich mich ekeln vor dem fetten Dunst. Der Platz ist ein einziger Dampfkochtopf, mit Himmel zugeschraubt, kein Lüftchen. Die Bora wird alles ausfegen. Dann wird mit einem Schlag Herbst sein ...

Die Wirtin hat mir wegen des Festes eine Karaffe Weißwein aufs Zimmer gestellt, dazu zwei Gläser. Zwei Betten, zwei Gläser, das ist die Regel. Nina schläft. Ich habe ihr Passiflora gegeben, damit der Lärm sie nicht stört. Ich habe beide Gläser vollgemacht und trinke aus beiden, eins für Frau Stadelmann, eins für Doris Aigner im Schrankspiegel. Komm heraus, Doris Aigner! sage ich. Laß dich anschauen! Was bist du für eine?

Du magst nicht, wenn ich trinke. »Doris verträgt nichts!« sagst Du zu unseren Gästen. Wir haben es nie ausprobiert. Wie soll man etwas wissen, wenn man es nie ausprobiert hat?

Heute nacht soll die Bora kommen. Mirko spürt es in seiner Narbe. Er sagt: Wenn sie zu lang ausbleibt, fahr ich ihr mit dem Boot entgegen und hole sie!

Ich könnte mitfahren, Robert! Er hat es mir angeboten: Wenn Sie wollen! Darauf legt er Wert.

Ich habe gesagt, ich kann nicht, wegen Nina und weil ich

einen Mann habe. Das hört er gar nicht. Er sagt: Wenn Sie wollen. Ich würde gern mit ihm flirten, aber er spielt einfach nicht mit. Irgendwann wird er das Boot nehmen und herausfahren. Vielleicht bleibt er eine Weile am Ufer und wartet auf mich – eine Zigarettenlänge . . .

Ich habe es nie getan, nicht mal im Fasching. Weißt Du noch voriges Jahr, der Seeräuber mit der Augenmaske? Du wußtest, daß ich es nicht tun würde. Auf der Treppe habe ich mich losgerissen und bin zurück in den Saal, habe Dich gesucht. Du warst mit diesem Mädchen von der Akademie, Du schon!

Wenn Mirko gesagt hätte: Komm! Aber er spielt einfach nicht mit. Er sagt: Wenn Sie wollen! Wie geht das? Wie macht man das? Doris Aigner hat es gewußt. Sie lacht mich aus, da hinten im Schrankspiegel. Sie denkt: Sieh mal an, die Frau Stadelmann, nun trinkt sie sich Mut an!

Wenn man es einfach tun würde, nur einmal!

Wenn man den Mantel nähme und hinausginge, den weißen Kapuzenmantel, den Du mir zu Weihnachten geschenkt hast

Auf Zehenspitzen die Treppe hinuntergehen

Quer über den Platz gehen im weißen Mantel zwischen lauter schwarzen Männern

Einfach durch- und vorbeigehen ohne zu denken: was denken die jetzt

Zum Brunnen gehen, die Arme ins Wasser tauchen, Wasser ins heiße Gesicht werfen, wach werden, umschauen

Alle Wege noch offen, beginnen im Hellen, verlieren sich im Dunkeln

Einen Weg auswählen: den will ich

Gehen, die Füße gehen lassen

Am Rand des Hafenbeckens entlangbalancieren, mit ausgebreiteten Armen, weiße weite Ärmel, wie Flügel

Nicht auf die Füße sehen, nur Himmel, Wolkentreiben vom Festland her Bora
Auf dem Anlegepflock eine Pirouette drehen (nur um zu wissen, ob ich das noch kann)
Die Treppe zum Boot hinuntersteigen, langsam, um mich länger zu freuen
Die Bora riechen und Zigarettenrauch
Den Fuß auf den Bootsrand setzen
Das Boot mit dem Fuß abstoßen
Er kommt mir nicht entgegen. Er soll mir nicht entgegenkommen. Er soll nicht sagen: Komm!
Ich muß es selber sagen, den Mund aufmachen, herauslassen, was heraus will
jetzt jetzt jetzt

Lieber Robert,
heute nacht ist die Bora gekommen. Ich schlief schon. Plötzlich schlugen Türen im Haus. Die Gardinen flogen ins Zimmer. Alles bebte. Es war, als würde das Haus zusammenbrechen. Ich habe die Fenster zugemacht, da wurde es stiller.
Draußen scheint immer noch die Sonne. Die Markisen sind abgenommen und zusammengerollt. Die Vikings haben ihre Boote aus dem Wasser gezogen und rüsten sich zur Abreise. Ich sitze im Mantel an der Bar und schreibe an Dich. Es ist kalt geworden. Die alten Männer, die sonst auf den Steinstufen am Hafen sitzen, sind jetzt drin und spielen Karten an einem der leeren Tische. Ich höre zu, was sie reden, aber ich verstehe sie nicht. Ich habe nichts gelernt von dieser Sprache, kein Wort.
Eben sind die Leute vom Krankenhaus draußen vorbeigegangen: der Lehrer, das große Mädchen, der Schulleiter,

Dieters Vater, Kragen hochgeschlagen, Hände in den Taschen. Ich habe gegrüßt, aber sie haben mich nicht gesehen hinter den Scheiben.

Um drei Uhr geht mein Schiff.

Nina ist bei Dieter. Am liebsten würde sie ganz bei ihm bleiben. Er hat sie getröstet und versprochen, daß er sie besuchen wird, vielleicht in den Weihnachtsferien. Er kann doch kommen? hat sie mich gefragt. Der Schulleiter und ich haben uns angeschaut, ganz kurz, dann schnell wieder weg. »Das sehen wir dann schon«, habe ich gesagt.

Von Mirko habe ich mich schon verabschiedet. Er ist nach Mali gefahren, um Lebensmittel einzukaufen. Er hat Nina eine Muschel geschenkt. Ich habe gesagt, daß wir vielleicht nächstes Jahr wiederkommen, mit Dir und ein paar Freunden. Das hören sie gerne, ist ja ihr Verdienst: Touristen!

Die Rechnung habe ich schon bezahlt. Die Koffer sind zu. Das Schiff hat schon angelegt. Ich warte nur noch auf Nina . . .

Lieber Robert,

heute reisen wir ab. Wie verabredet bleiben wir noch zwei Tage bei Susanne in Wien. Vielleicht sind wir früher daheim als diese Karte. Sei nicht böse, daß ich nicht geschrieben habe. Ich habe es versucht, aber es ging nicht.

Herzliche Grüße

Deine

Auf der Rückreise

Er kam seiner Familie per Zug bis Rom entgegen, um den Söhnen die Ewige Stadt zu zeigen, und auf der Rückreise klappte natürlich alles ausgezeichnet, wirklich, auf Reisen war man bei ihm gut aufgehoben, bestens, wie er beim Eintritt ins Abteil bemerkte, das hätte natürlich sie sagen sollen, warum tat sie es nicht? Es stimmt ja: sie hätte sich von der Behauptung des Liegewagenschaffners, alle Plätze seien vorbestellt, protestlos abwimmeln lassen, so war es ja auch auf dem Schiff gewesen, sie hatten keine Kabine bekommen, mußten zu dritt, sie und die Kinder, auf dem Deck schlafen: Du gibst immer gleich auf! Er nicht, er blieb dran und schaffte es trotz seines unmöglichen Italienisch, er hob dem Schaffner den Jüngsten entgegen, Rainer, fünf Jahre, hellblond, das war in Süditalien Trumpf, und offenbar funktionierte es auch in Rom, denn sie bekamen tatsächlich die vier Liegewagenplätze in einem Abteil, während weniger Erfolgreiche aus dem Gang gewiesen wurden, blieben zunächst sogar allein, und er sagte: Nun setzt euch mal alle schön breit hin, dann bedeckte er alles, was sie trotz Breitmachen nicht besetzen konnten, mit Gepäckstücken. Gewiß hätten sie sich auch Schlafwagen leisten können, sie wäre ganz gern Schlafwagen gefahren in dieser letzten Feriennacht, sie mit Rainer in einem Abteil, er mit Burckhard in einem anderen, aber die Preisdifferenz war ungeheuer, und er war gegen unvernünftige Ausgaben, mit Recht, er verdiente ja das Geld und entschied, daß jetzt Mineralwasser getrunken würde, nichts mehr mit Rotwein, er goß Mineralwasser in die Pappbecher, ihr gegenübersitzend in seiner überwältigenden Prä-

senz, er hatte schließlich keine Ferien gehabt, war pausenlos im Betrieb gewesen, wie er sagte, auch jetzt noch: Sein Zeigefinger eroberte den Stadtplan von Rom, er wollte Burckhard, der in diesem Jahr mit Latein anfing, noch einiges zeigen, was man eben sah an antiken Trümmern beim Hinausfahren, aber vorläufig sah man nur Bahnhof – Züge ein und aus, Gepäckträger, Zeitungskarren, Chiantiverkäufer, Zugpersonal, Reisende, die vom Liegewagenschaffner zurückgewiesen wurden. Siehst du? sagte er, als hätte sie Zweifel geäußert, schon möglich, sie war so, sie gab immer gleich auf. Das hast du ausgezeichnet gemacht, hätte sie jetzt sagen sollen.
Er erhob sich, als einer die Abteiltür zurückstieß, und stellte sich vor die Familie, die sich weiterhin breit machte, vor allem Burckhard, wach und präsent wie der Vater, breitete den Stadtplan von Rom über drei Plätze aus, während der Vater den Eindringling aufs Korn nahm: Haben Sie Liegewagen vorbestellt?
Das hatte er tatsächlich, obwohl er nicht so aussah, sondern schäbig, ungepflegt in Jeans, verblichenem Hemd, Bindfadenschuhen, Haare vom Salzwasser verklebt, Salz auf der von Sommersprossen gesprenkelten blonden Haut, aber schöne Augen hat er, dachte sie und: der wird noch! Und: so könnte Rainer einmal aussehen.
Haben Sie Liegewagen vorbestellt? fragte er, und der junge Mann fummelte schuldbewußt in seinen Taschen, das überkam einen leicht, das Schuldbewußtsein, ihm gegenüber, auch wenn es gar keinen Grund gab, denn dieser hatte ja seine Liegewagenkarte, strich sie glatt, zeigte sie vor, immer noch unsicher, als glaubte er selbst nicht recht dran, es stimmte aber, Nummer und alles, nichts zu machen, also bittesehr, also räumte er ein paar Gepäckstücke ins Netz und der junge Mann warf Matchsack und Zeitung

auf den Sitz und machte sich wieder davon, ohne Blick oder Bemerkung, ließ die Abteiltür offen, der war mit seinen Gedanken noch weit weg, vielleicht verliebt, dachte sie, vielleicht verabschiedet er sich auf dem Bahnsteig von einem Mädchen, das er in Rom kennengelernt hat, wenn Rainer erst soweit ist, so mager, so lang und immer noch im Wachsen, Rainer zum ersten Mal allein auf Reisen, zum ersten Mal verliebt, davon erzählt er natürlich nichts, aber sie wird es ihm schon anmerken, auch wenn er nur sagt: es war ganz nett, Mama, mit diesem bewölkten Blick in den Augen, die nur scheinbar offen sind, in Wirklichkeit gut getarnt mit Traumhaut: deine Augen! pflegte er zu sagen, der Junge hat genau deine Augen. Sie wäre so gern mit Rainer im Schlafwagen gefahren, dann hätten sie sich vor dem Einschlafen noch unterhalten können wie jede Nacht auf der Insel, wenn Burckhard schon schlief.

Schläfst du? flüsterte sie in Rainers großes Ohr unter den Haarsträhnen. Ja, sagte er. Sie kicherten hinter der Hand, bis er sich einmischte: Was gibt's denn da zu lachen? Ach nichts, sagte sie. Kurz vor der Abfahrt stieg eine Ordensschwester ein. Er räumte wiederum Gepäck ins Netz: Sie haben wohl nichts dagegen, daß die Kinder am Fenster sitzen? Sie hatte nichts dagegen, es war ihr egal, wo sie saß – eine junge Schwester auf Pilgerfahrt, schmal, schwarze Kutte, spitze Knie unter dem sperrigen Rock, junges blasses Gesicht in der gestärkten Haubenröhre, um rechts oder links zu blicken mußte sie den Kopf wenden, tat es aber nicht, blickte geradeaus auf ein Foto vom Ätna oder was sie statt dessen vor Augen hatte: die Madonna vielleicht, denn ihre Finger bewegten den Rosenkranz im Schoß.

So war man denn komplett, sechs Personen für sechs Betten, die der Schaffner erst so gegen neun aufschlagen würde: die Jungen am Fenster, er und sie auf den Mittelplätzen, die Fremden in den beiden Gangecken. Der junge Mann war zurückgekehrt und wortlos hinter seiner Zeitung versunken.

Endlich fuhr der Zug, draußen waren Aquädukte zu sehen.

Es war jetzt die Zeit, an die Blumen zu denken, ob er sie wohl begossen hätte, an den Hund, der sobald als möglich aus dem Hundeheim abzuholen war, ans Frühstück, sie kamen ja morgens an und nichts war im Haus, am besten kaufte man gleich unterwegs ein, aber was? Es war jetzt die Zeit, die Füße auf den Boden zu kriegen und die Last wieder auf sich zu nehmen, sich darüber klarzuwerden, wo man sich befand in der Zeit und an welchem Wochentag die Schule anfing, Montag oder Dienstag, er wußte das natürlich, sie brauchte ihn nur zu fragen. Es war jetzt die Zeit, sich zu orientieren, Kontakte aufzunehmen, aber der junge Mann neben ihr war auch nicht soweit, der las ja gar nicht, hatte nicht ein einziges Mal die Zeitung umgeblättert bisher, und seine Augen, die sie sehen konnte, wenn sie sich etwas vorbeugte, bewegten sich nicht, als sei die Netzhaut noch überfüllt von Bildern und er müsse ganz stillhalten hinter der Zeitung, damit das Gestaute nicht überlief und sich im raschen grauen Fluß verlöre: halt nur still! halt fest: das Mädchen, eine römische Treppe hinabsteigend; das Mädchen, Hand im Wasser, auf einem Brunnenrand; das Mädchen quer über einen Platz ihm entgegenlaufend vor dem Goldgrund besonnter Fassaden in einem goldenen Rom, das sie nicht zu sehen gekriegt hatte, obwohl sie doch von morgens bis abends alles gesehen hatte, Forum und Kolosseum und alles, und wenn ich jetzt ausstiege? dachte sie, wenn ich einfach sagen würde: Ich hole noch eine Zeitung! Den Bahnsteig entlangginge,

durch die Halle, zu einer der Glastüren hinaus und weiter und weiter?
Der junge Mann hob die Zeitung höher und etwas nach links, so daß sie sein Gesicht nicht mehr sehen konnte, nur Zeitung mit Nahost-Konflikt, Umweltverschmutzung und Hunger in Indien, wenn er das sähe, würde er gleich einhaken, ein Gespräch über Politik anfangen, die Augen des jungen Mannes würden in Gang kommen, von links nach rechts, Zeilen entlang, alles würde rasselnd in Bewegung geraten, Uhren, Kalender, der ganze Mechanismus. Noch nicht! dachte sie, und stellte rasch eine Frage über Aquädukte. Das hatte er Burckhard gewiß schon erklärt, der sich jetzt langweilen würde, aber geduldig fing er wieder von vorne an, seine geduldige, pädagogische Art, es war nicht seine Schuld, daß ihr immer wieder dieses Malheur passierte, dieses Auseinanderbrechen von Klang und Sinn, wobei sie zwar alles hörte, jedes Wort, aber nur als Geräusch, als eine Art Begleitmusik zu Bildern, die nichts damit zu tun hatten, denn was hatte die kleine Schwester mit Aquädukten zu tun? Die ihr da schräg gegenüber saß, eine Frau, aber nicht wie sie, unter dem schwarzen Kleid nichts Vorstellbares außer zwei spitzen Knien, die sie immer noch dicht beieinander hatte, Hände offen im Schoß, ohne Rosenkranz jetzt, einfach leer offen daliegen. Unwillkürlich versuchte sie, ihre Beine stillzuhalten wie jene, Knie einfach nebeneinander und Sohlen flach auf dem Boden, so flach es eben ging mit den Absätzen, Hände offen im Schoß, nicht nach Zigaretten greifen oder nach der Illustrierten im Netz oder nach Rainers Schulter neben ihr, überhaupt nicht greifen, nicht mit Händen, nicht mit Gedanken oder Blicken, nur dasitzen mit offenen Händen, das tat gut, solange es dauerte, solange er über Aquädukte sprach.

Im Abteil ging das Licht an, und die Landschaft hinter den Scheiben erlosch, auch die Aquädukte oder was jetzt da draußen vorüberflog, war plötzlich tot und abgetan, wie das Bühnenbild eines letzten Aktes, der durch keine Frage zurückzuholen war, es fiel ihr auch nichts ein, nicht das Geringste über Rom oder Römer, um zu verhüten, daß er sich der Mitreisenden bemächtigte, die jetzt noch, nicht mehr lange, ach nicht mehr lange, nur ihr gehörten, weit weg und vage unterwegs und ganz in sich wie sie, umgeben vom heimlichen Glanz ihres Fremdseins wie die Fische, die sie heuer zum erstenmal durch Burckhards Taucherbrille gesehen hatte: stille Schwärme in Algenwäldern, Schatten über dem geriffelten Grund, über Muscheln und geschliffenen Steinen, gestern noch, nein vorgestern, das war doch Freitag, sagte sie, als wir losfuhren, eine Nacht auf dem Schiff, keine Kabine, das wäre uns nicht passiert, wenn du dabei gewesen wärst. Zu spät! dachte sie, ich bin immer zu spät dran, das verfing jetzt nicht mehr, er hatte bereits den ersten Satz auf der Zunge: Was halten Sie eigentlich von ... Seine nette unbefangene Art, Kontakte anzuknüpfen. Sie war nicht so: Du gibst dir eben keine Mühe, kein Wunder, daß du nie Bekanntschaften machst, daß alle unsere Freunde eigentlich meine Freunde sind.
Auch jetzt ließ sie sofort fahren, überließ ihm das Feld, löste eilig Fäden, als könne sie dadurch den Schmerz des Verlustes verringern, zog sich zurück in eines der Verstecke, die sie sich für solche Fälle zur Verfügung hielt, so daß sie unbemerkt hineinschlüpfen konnte, ohne einen Fuß zu rühren, ohne auch nur die Augen zu schließen: Was denkst du? pflegte er zu fragen, als ihm das noch auffiel, und sie rief von weit her: An nichts, Liebling.
So kam sie auch diesmal leicht darüber hinweg, eingebettet in die schwarze Felsmulde über dem Strand, die sie gestern

noch, nein vorgestern bewohnt hatte, die zum Meer und zur Sonne hin offen war, und so vollkommen der Wölbung ihres Rückens angepaßt, als sei ihr Rücken zuerst dagewesen, dann erst die Lava um ihn herumgeflossen und hart geworden, muschelförmig mit rücklings hochgezogenem Rand, so daß sie vom Ufer aus nicht zu sehen war, und die Boote waren weit weg, der Wind ging darüber hin, die Sonne verriet nichts. Zwischen den Fingerspitzen bröselte sie die Asche von Erinnerungen, während er, sie hörte es wohl, seine Testfragen stellte: Was halten Sie von, wie stehen Sie zu, was würden Sie tun, wenn? Er brauchte nicht lang, er war mit jedem schnell fertig: Hast du das gehört? Auftauchend überzeugte sie sich mit raschem Blick, daß alles vorüber war, zwei neue Spezies mit Stempeln versehen, in Fächer geschoben, nichts Nennenswertes, wie er ihr heiter zuzwinkerte: ein junger Wirrkopf mit unausgegorenen Ideen, die ihm das Leben schon austreiben wird; eine weltfremde Seele, sieh sie dir doch an, früh verwelktes Blümchen aus mittelalterlichem Rosengärtlein, die sollte mal richtig an die frische Luft und Sport treiben und einen Freund, dann könnte vielleicht noch was aus ihr werden, Frau und Mutter! So sah er die Dinge, klar und sachlich wie immer, und sie war auch gleich einverstanden, beteiligte sich sogar am Triumph, indem sie seine Belustigung mit einem Lächeln unterstützte, dann schloß sie die Augen, weil sie genug davon gesehen hatte. Ist dir nicht gut? sagte er in zarter Anspielung auf ihren Zustand, sie murmelte etwas von Fenster öffnen und wann denn der Schaffner nun endlich die Betten zurechtmachen würde, sie sei auf einmal so müde, so tod-todmüde.

Er setzte durch, daß die Betten in ihrem Abteil vorzeitig gerichtet wurden, mindestens eine halbe Stunde vor der Zeit, und als der Schaffner mit den Decken kam, mußten sie alle auf den Gang. Er rauchte eine Zigarette und bot auch dem jungen Mann eine an, aber der rauchte nicht, sehr vernünftig, sehr lobenswert, der zog sich zurück mit seinem Matchsack und kam nicht wieder. Als die Betten fertig waren, ließ er der Schwester den Vortritt: Machen Sie sich in Ruhe fertig, Schwester, wir warten solange, und sie warteten über eine Viertelstunde, schlaftrunken an den Gangwänden klebend, die hätte ja wenigstens Bescheid sagen können, aber nichts dergleichen, die war einfach eingeschlafen, ohne auch nur die Haube abzulegen, hatte in ihrer mittelalterlichen Sturheit überhaupt nichts abgelegt, bis auf die schwarzen Schuhe, die aufgeschnürt nebeneinander auf dem Fußboden standen. Unter ihrem schwarzen Gewand lag sie auf der Seite, Beine angezogen, Gesicht in der offenen Hand und füllte das schmale Bett weder in der Länge noch in der Breite aus: sieh dir die halbe Portion an!

Er schickte die Jungen in die oberen Betten. Du schläfst wohl am besten unten, sagte er, hielt er für besser, wegen ihres Zustandes, möchtest du mein Kissen? Danke, sagte sie. In zwölf Jahren war es ihm nicht aufgefallen, daß sie immer flach schlief, flach auf dem Bauch, ohne Kissen.

Sie wäre gern mit Rainer im Schlafwagen gefahren. Sie hätten die Betten anders gemacht, mit dem Kopf zum Fenster hin und das Rouleau offen gelassen, auf dem Bauch hätten sie gelegen, er oben, sie unten, das Kinn auf den verschränkten Armen, wären leise plaudernd durch die letzte lange Feriennacht gefahren, durch Lichtschein und die verworrenen Lautsprecherstimmen fremder Bahnhöfe, durch Schattenländer mit verstreuten Lichtern, von denen jedes seine Geschichte gehabt hätte, und solange die Geschichten reichten, hätte diese Nacht kein Ende nehmen, dieser Zug nicht ankommen können.

So war es das alte Lied: er, der letzte wie immer, hängte Hose und Jacke über den Bügel, öffnete das Fenster um einen Spalt und stieg in sein Bett. Krachend legte er sich nieder, löschte das Licht, ließ seine Hand zu einem Gutenachtgruß hinab, und als die Hand ihre Schulter berührte, fiel alles über sie, Last auf Last: er und die Kinder und das Gepäck, auch die Wohnung mit Möbeln, Teppichen, Gardinen und donnerstags Müllabfuhr. Noch nicht! bettelte sie, laßt mich noch diese eine Nacht, aber sie sackte schon ab unter seiner Hand, tiefer und schneller in das schwarze Schlafloch, in dem alles ausgelöscht war, bis auf die Angst vor dem Wecker.
Später in der Nacht rief Rainer. Sie stand schlaftrunken auf, murmelte in sein Ohr, deckte ihn wieder zu. Der Wind, der durch den Fensterspalt fuhr, war kalt und scharf wie Gebirgsluft. Sie atmete tief ein und fühlte sich plötzlich wach, viel zu wach, zu gespannt, zu neugierig, um weiter zu schlafen. Auf dem Bettrand sitzend, das Gesicht in die Hände gestützt, betrachtete sie die Schwester, die flach wie ein hingewehtes Blatt auf dem bläulichen Laken lag, immer noch auf die gleiche platzsparende provisorische Weise mit angewinkelten Knien auf der Seite, Züge still, unverzerrt von der Blödigkeit des Tiefschlafs, die Haubenröhre weder verrutscht noch zerknittert, so ruhig hatte sie gelegen im leichten Schlaf der Pilger, die um kein Gepäck besorgt sind. Zugedeckt mit nichts als ihrem Kleid, unter der Wange die offene Hand, Schuhe zum Einschlüpfen bereit, lag sie auf ihrem Bett wie der Pfeil auf der gespannten Sehne und nichts auf der Welt würde sie aufhalten, das war ihm eben doch entgangen, das konnte er nicht begreifen und mußte es ihr lassen, ihr ganz allein. Sie glitt vom Bettrand und kauerte sich auf dem Boden nieder, beugte sich zu dem stillen glatten, jungfräulich lee-

ren Gesicht, als wollte sie es einatmen, dachte: man müßte sie nur wecken, mit dem Finger ihre Schulter antippen und sagen: nimm mich mit! dann wäre sie gleich da, ohne Schlafschleim und Tränenflor in den Augen, mit frischem, nach Äpfeln duftendem Atem, würde in ihre Schuhe schlüpfen und mit mir davongehen, nichts leichter als das. Wenn wir dann hoch oben wären, nahe den Wolken wie die Vögel, würden wir hinabschauen und den Zug unten fahren sehen, den schwarzen Wurm im Grauen, während bei uns da oben schon Tag wäre: Da fahren wir nun, würden wir sagen und weitergehen, da fahren wir und schlafen und wissen nicht.

Warum weine ich denn? fragte sie sich erstaunt. Das ist doch nicht zum Weinen.

Inhalt